D1082632

# MAHAGONY

# DU MÊME AUTEUR

## AUX ÉDITIONS DU SEUIL

### Poésie

Les Indes
Le Sel noir
Poèmes
Pays rêvé, pays réel

### Essai

Soleil de la conscience
L'Intention poétique
Le Discours antillais
Poétique de la Relation, *à paraître*

### Théâtre

Monsieur Toussaint
Monsieur Toussaint, *version scénique*
Parabole d'un moulin de Martinique, *à paraître*

### Roman

La Lézarde, *prix Renaudot 1958*
Le Quatrième Siècle, *prix Charles Veillon 1965*
Malemort
La Case du commandeur

### Collection Points

La Lézarde
Les Indes

## CHEZ D'AUTRES ÉDITEURS

Un champ d'îles
La Terre inquiète
*Éditions du Dragon*

Le Sang rivé
*Éditions Présence africaine*

Boises
*Éditions Acoma*

Le Sel noir
*poésie/NRF, Gallimard*

*ÉDOUARD GLISSANT*

# MAHAGONY

roman

*ÉDITIONS DU SEUIL*

*27, rue Jacob, Paris VI*[e]

ISBN 2-02-009741-9

*à Barbara,*
*« parce que ce que ».*

Ces bonnes gens sont fous.
*Exemple de fantaisie grammaticale*
*de la langue française, souvent cité*
*par M. Lannec, professeur.*


Naguère qui prend la relève,
c'est Agoni faisant des livres.
*Salim Jay.*

# LE TROU-À-ROCHES

# *Mathieu*

Les arbres qui vivent longtemps sécrètent mystère
et magie. Comme s'ils pratiquaient dans leur grand
âge de profonds mélanges de bonheur et de calamités, des relations de ciel et d'animalité, par quoi ils
nous commandent et nous aident. La magie d'une
herbe est périssable, elle ne sert qu'à potion pour le
corps ou l'amour ou le dommage d'autrui. L'arbre
est plus réticent à servir, quand même il nous
permet de comprendre. C'est qu'il épelle la forêt,
dont il multiplie partout la profondeur.

Un arbre est tout un pays, et si nous demandons
quel est ce pays, aussitôt nous plongeons à l'obscur indéracinable du temps, que nous peinons à
débroussailler, nous blessant aux branches, gardant
sur nos jambes et nos bras des cicatrices ineffaça-
bles.

Ainsi ai-je longtemps confondu, pour les avoir
d'abord approchés sous les espèces d'un meuble ou
d'un billot, tous deux ramenés au même indéfinissa-
ble par l'équarrissage ou par les usures du temps, le

13

mahogani et l'ébénier. Encore ne devinais-je pas si l'un d'eux portait le nom d'acajou ? Nous ne voyons pas les arbres avant que nous les ayons situés dans leur histoire, qu'ils nous aient parlé notre langage. L'être même du vieil arbre se dérobe, tant qu'on n'a pas tenté de faire le tour, de reprendre par quelque bout d'écorce et de reconstituer l'entière mâture. Ce que j'entreprends ici.

L'odeur aussi nous confond. Au sortir de ce bourg naguère enluminé des relents de ses usines à canne, qu'un chroniqueur a nommé Lambrianne et que je sais s'appeler Le Lamentin, bourg aujourd'hui pris dans la tenaille des routes, des cités d'habitation aménagée, du remuement d'un aéroport et de l'effluve nostalgique d'une sucrerie finissante, se dressait, à l'amorce d'une montée qui menait à Pays-Mêlés, un fromager. Ce géant pousse ses racines hors de terre avec une puissance en spirale et comme une rondeur qui donne vertige. Son surgissement est aussi éperdu que nos mémoires rétives. Il a des remugles d'épines et de fruit à pain trop vert, où je retrouve la senteur d'acacia, d'acajou et de mahogani mêlés.

L'odeur du temps nous trouble. Chaque bout de vent nous bat de son torchon tressé en corde : nous ne nommons aucune de ces volées ; tout comme j'ai longtemps balancé à distinguer, au long des ans passés, le mahogani qui est au principe de cette histoire et les trois ébéniers qui en bornèrent le théâtre.

Le jeune homme que j'étais n'associait pas les éléments donnés ensemble dans un tel lieu. C'est-à-dire qu'il ne les voyait pas impliqués à une nécessité dicible. Peut-être savais-je alors le nom officiel, et peut-être même le nom de baptême ou, plus probable, le nom de voisinage de quelques coupeurs de cannes à la ronde, d'une ou deux dames tenant boutique ou entrecousant du linge, d'un maréchal-ferrant chargé du soin des mulets. Mais les lignées désordonnées des Longoué ou des Béluse, des Targin ou des Celat ne m'émouvaient pas encore, je n'avais pas plongé au maelström. Dans le dévalé d'histoires, de datations, de regroupements — de familles entières obliquant dans d'autres patronymes —, de lieux aux noms aussi furieux pour les uns que pour les autres : *La Touffaille* prise dans son carême, *Barbès le Mouchoir* et ses privés fuligineux —, je n'établissais pas les équivalences, les distances de temps et de générations, je ne distinguais pas les actes solitaires, voués à la dérision, des actions communes bientôt noyées dans le renoncement, tout ce qui avait nuancé l'air autour des feuilles et des branches, craqué le bois des cases, mati le morne d'un accent d'accablement et de rêverie féroce tour à tour. Sans compter que cette nuance était simplement que l'air avait ici un goût de doux sirop, sans doute apporté par les émanations de quelque sucrerie des alentours, dont les chaudières s'éventraient quelquefois, tapie entre une ravine pour les mulets et un champ de para pour les taureaux et les génisses. Même en

15

cette époque de famine, il y avait des Habitations où on nourrissait des taureaux et des génisses et où le lait presque vert coulait sous les vaches, en traînées de glu sur l'herbe qui paraissait bleue.

*bird/lime*

Je savais déjà que les ébéniers avaient abrité sous leur couvert de mousse la lame ébréchée que retrouva sans la chercher Anne Béluse et dont il se servit pour accompagner, dans un rideau de pluie, la clameur de Liberté Longoué, dont l'ardeur sauvage s'arrêta là. Mais par moments j'en revenais au mahogani, dont la pensée occupait elle aussi la scène de mon imagination. N'était pourtant pas illusoire cette chaleur qui grandissait du passé, comme si ses atomes toujours vifs se frictionnaient en un effarant charivari. Alors je me raccrochais à l'arbre unique, pour me sauver par une si belle évidence. Je reprenais le texte du chroniqueur, mais il ne faisait que me rabouter à mon premier tourment et chaos, comme si moi aussi je tournais dans l'espace entre les ébéniers.

La chronique avait enroulé le premier fil de l'histoire sans pour autant suffire à la trame : d'autres paroles devaient y concourir. Elles se soutiennent de temps à temps, elles fouillent plus dru, elles tissent plus serré. Le même disant, changé par ce qu'il dit, revient au même endroit de ce même pays, et voilà que l'endroit lui aussi a changé, comme a changé la perception qu'il en eut naguère, ou la chronologie établie de ce qui s'y est passé. Les arbres qui vivent longtemps changent toujours, en demeurant.

Dans ce pays de Martinique, ceux qui cherchent relaient ceux qui disent, lesquels les ont nommés sans les reconnaître. Ainsi avançons-nous au bord du monde.

Quand je découvris donc l'endroit, ce ne fut certes pas comme dans un rêve — les temps n'étaient pas au rêve en cette année 1943 où la rareté des aliments avait précipité la population entière dans la même absolue obsession de viandes et de graisses —, mais tout comme s'il avait déjà été décrit, et moi aussi, par une parole ou dans un texte qui ne m'avaient certes pas précédé là (puisqu'ils y certifiaient ma présence physique), mais qui n'en auraient pas moins déterminé la prescience que j'en pouvais avoir. Sous la légèreté ensoleillée du lieu, ou plutôt son affable banalité, je crus percevoir ce qu'il y aurait d'obscur et de difficile à le saisir vraiment, et combien serait hasardeuse toute entreprise d'en rendre compte.

Les ébéniers avaient éclaboussé leurs branchages et leurs racines partout alentour en forêt inachevée mais inviolée, marquée de fulgurances rousses et violettes qui s'avivaient dans les éclairs de pluie ; la savane qui s'étendait plus loin et qui ondulait entre de maigres touffes de vétiver changeait de couleur avec les sautes du vent ; elle paraissait aussi vierge que la jungle enfantée par les ébéniers, en sorte qu'on s'étonnait de découvrir soudain quatre ou cinq cases sur le contrebas, dont la disposition évoquait la proue d'une yole ou peut-être l'esplanade d'un fort depuis longtemps abandonné. Une ravine courait au

17

fond, qui marquait par en bas la ligne d'un horizon incalculé. Derrière l'embroussaillage des ébéniers une odeur de four à charbon grossissait inépuisable. Derrière cette odeur encore, qui était plus dense et repérable que toute chose, et loin à l'opposé de la ravine, se devinait dans un halo de bananiers et de cacos l'escalade du mahogani.

Et quoiqu'on pût donc, d'un même point de vue, apercevoir les broussailles géantes nées des ébéniers, la solitude du mahogani et même l'odeur de charbon aussi visible que les orchidées violettes sur le lacis des vieilles écorces, et quoiqu'on eût pu deviner en deux ou trois fois les amorces des chemins de terre qui menaient d'un point à l'autre de l'endroit et qui éclataient leurs boues rouges et jaunes plus fort que les orchidées sous les arbres ou au détour d'une pente, je n'établissais pas relation entre ces arbres, les habitants pour le moment invisibles et le temps grondant qui avait passé sur le pays. Mais j'en avais, je l'ai dit, une sorte de bienheureuse prescience. Encore que je ne savais pas qu'un raconteur d'histoires — ce chroniqueur — m'allait prendre bientôt (l'image qu'il avait de moi) pour personnage de ses récits, me conférant une exemplarité dont j'étais loin d'approcher la mécanique simplicité. Expérience combien trouble que de retrouver dans les pages d'un livre l'écho canalisé de ce qu'on a vécu, dont on a seulement ressenti le tremblement sans avoir eu à le nommer davantage.

Les pages d'un livre, ç'avait bien été pour nous,

quelques privilégiés ou quelques chanceux, l'image la plus dense ou la plus exaltée du rêve. Ainsi nous l'avait-on inculqué, en sorte que nous dépensions notre temps à la recherche de tout ce qu'il y avait d'imprimé au fond des vieilles armoires des gens de bien ou dans les archives hasardeuses des hôtels de ville ou même sur les rayonnages de ces sacristies où nous corrompions les curés canadiens à force de basses et invraisemblables flatteries.

Mais à la vérité, ce qui flottait au ras de l'herbe argentée par le vent ou entre les souches pourrissantes qui cadraient la mousse sous les ébéniers, c'était la clameur tue, rentrée non seulement dans la gorge et l'épaule éventrées de Liberté Longoué mais plus à fond dans la terre elle-même, jusqu'à éparpiller aux quatre coins du pays les fourmis-folles, habitantes des profondeurs. C'était le cri et le murmure étouffés dans la nuit des cases. La parole s'apposait à la chose écrite et nous maintenait en attente d'un légendaire surgissement, tel qu'il eût pu balayer les odeurs obsessionnelles des graisses absentes, le goût taraudant des ignames et des fruits à pain dont nous manquions tant.

Ce que les trois ébéniers tentaient d'étouffer sous la forêt qu'ils engendraient, ce qu'ils voulaient depuis si longtemps et avec un tel acharnement recouvrir, à coups de souches et d'épines, multipliant la liane indémêlable des mangé-couli, drossant les orties de trois pas sur les jeunes pousses qui s'accrochaient au moindre rai de jour, tressant des fougères géantes aux parasites miraculeux scellés à leurs flancs, et ce que le mahogani pour sa part balançait en pleine solitude du ciel, tout là-bas, c'était ce même cri, mais poussé par deux poitrines successivement. Oui, par deux bouches l'une après l'autre dans notre sacré tollé de temps, car Liberté Longoué ne fut pas seul à fréquenter les ébéniers. Mais il ne connut pas Gani, leur cri unique bifurqua. Ce qui fait que je n'établissais pas le rapport des ébéniers au mahogani, que je n'entrais pas dans l'unicité du lieu. Mais je devinais un chaos de temps là bloqué, où à mon tour je me voyais décrire par un qui m'y avait peut-être et en fin de compte précédé — un chroniqueur encombré de ses fragiles datations —, et où je pouvais peut-être évoquer la mémoire de quelques-uns qui m'y suivraient.

Les éditions jaunies des romans d'Henry Bordeaux, les merveilleux résumés de films dont de grandes liasses nous attendaient au fond de quelque commode et ni *Ramuntcho* ni *les Amours du Chico* ne nous tenaient donc quittes de cette manière de suspens, de cette inquiétude qui ne s'avouait pas, dans un paysage dont nous ne parvenions pas à réaliser le simple assemblage. Pourtant je commençais d'imaginer d'autres paroles et, pourquoi pas, d'autres écrits, sans aller jusqu'à concevoir que je puisse être un jour le sujet de l'un d'entre eux. J'entendais le cri balbutié par de lointains parents rameutés sur cette terre comme un troupeau rétif, et j'entendais le cri rentré dans la poitrine de Liberté

Longoué. Il m'était réservé de connaître bien plus tard le cri de cet autre revenant, dont la manie fut de porter toujours la même chemise à une seule manche (la gauche arrachée net), qui passa au long de l'histoire des Longoué sans jamais les légitimer, aussi conté ou redouté qu'eux, et qui devait terminer ce qu'on est bien obligé d'appeler sa vie avant même qu'il eût atteint ses dix-sept ans — et que tous alentour avaient nommé Gani. Et de savoir que ce fut même cri.

Je me raccrochai à la procession de ces moments de parole puis de consignation écrite qui se relayaient pour finir par s'emmêler, je me pris à la passion de cet emmêlement — non seulement parce qu'un auteur accablé d'un avenir dont il avait mémoire me devait prendre pour type et modèle de ses explorations au maelström de notre temps passé, mais encore parce que je commençais là — dans cette élévation sur l'horizon et dans ce triangle de pluie — à compter ces moments, à les déchiffrer l'un à part l'autre, tâchant de considérer si c'était là aussi même cri et même dévotion ; si par exemple un vieux nègre décidé à rapporter l'histoire de Gani, et qui macérait sa parole sur des parchemins déchirés, sur des chiffons et des écorces (en ces années 1830 où, n'y avait guère, savoir lire-écrire était passible — quoique non exécutoire probablement — de mort), racontait la même histoire, contait le même conte, que le quimboiseur qui un siècle plus tard, à l'époque où jeune garçon je découvris le mahogani et les ébéniers, récapitula pour moi la révolte du géreur Beautemps, qu'ils avaient nommé (car c'était bien son tour et à lui de prendre le relais) Maho — et si ce quimboiseur révélait même vie et semblable mort que le reporter amateur qui en 1979, quarante-trois ans après la dérive de Maho, relata les exploits du meurtrier Mani.

Et j'en fus à me demander si dans ce maelström il n'existait pas quelque règle, une manière de loi qui eût imposé une ordonnance cachée ou tout au moins à découvrir, et si je ne devais pas indiquer que le marron Gani et le géreur Maho et le délinquant Mani, à des époques si éloignées, représentaient la même figure d'une même force dérivée de son allant normal.

Donnant raison au chroniqueur qui m'avait choisi comme guide de son exploration, je me libérais de sa quête et me précipitais dans la confusion ardente de cette terre pour y chercher — y supposer — lumière et transparence ; je rapprochais la maison bâtie à la source de la rivière Lézarde et le triangle de mousse étouffée sous les ébéniers, la barre d'écumes éclatées où Garin choisit sa mort et le morne où Marie Celat apprit à lire à son père Pythagore, la case de la Petite Guinée où Liberté Longoué la fille se tétanisa une fois pour toutes et la bande de terre où Médellus conçut son « Capitulaire de la terre et du travail », au long de la rivière La Tête. Puisque j'étais le fil, je pouvais aussi bien devenir le révélateur, et nul besoin de chroniqueur pour ce travail. Il était temps

22

d'introduire des travées de phosphore brûlant dans la masse accumulée des mots et des choses révélées. Si pour moi j'allais bientôt mourir sous les espèces d'un héros de roman, du moins continuerais-je d'être le chercheur qui bute sur la date, étudie le paysage, décrit l'outil.

J'étais le vent jaune qui monte entre les mornes jusqu'à engloutir, au ras des yeux de papa Longoué le quimboiseur, cette ligne de terre rouge où se jouait un laghia ivre entre notre passé de tempête et le dolent futur ; j'étais le vent bleu cahotant au long des plages du dimanche où notre humanité insouciante bientôt s'égaillait ; j'étais aussi le vent d'écumes qui dévale au large, à la rencontre des hommes et des pays d'ailleurs. Car si tant d'histoires, de paroles, de femmes entêtées ou d'enfants récalcitrants se rencontraient et se quittaient dans cette masse acharnée de temps que le chroniqueur avait débroussaillée pour sa sauvegarde — face à tant de sourds opposants, de réticentes surdités —, comment ne pas penser d'une part que c'était là une image en condensé de ce qui vaquait terriblement sur toute la terre des hommes, où tant et tant infiniment se rencontrent et se quittent, dans le fracas des famines et le silence des apocalypses, à travers les complots de destruction menés contre tous par quelques-uns ; et d'autre part qu'un seul ne saurait concevoir cette incommensurable dimension née de milliards et de milliards de rencontres, de hasards, de lois impitoyables et de pitoyables amours sur toute la terre, et qui est plus infinissable que les espaces sidéraux autour desquels nous essayons fiévreusement d'imaginer la frontière finale de l'univers.

J'avais quitté l'infini de ce pays minuscule pour le si minuscule infini que fait notre Terre dans cet univers, y portant peut-être la même prétention d'équilibrer en vision sans failles le fatras de relations qu'elle constitue — où s'entassent les victoires et les défaites —, et, à défaut, d'en pressentir au moins l'inouïe obligation. Voulant éprouver, à l'encontre de notre penchant naturel ou s'il se trouve de notre génie, tant de paysages dissemblables dévalés dans un même charroi de monde.

Mais il est dit qu'on ne saurait marcher contre le cours de sa propre rivière : il nous a été peu donné (à nous, peuple d'îles venu de partout) de ce goût d'explorer qui hante tant de ces bonnes gens, jusqu'à les rendre fous ; et l'art d'éprouver un ailleurs peut aussi bien s'exercer en plein ici. Les paysages du monde sont tous inscrits dans celui-ci, soudain. Qui peut les y prophétiser peut mieux les célébrer. Le mahogani et les ébéniers m'avaient suivi au loin. Je les avais reconnus dans ce que j'avais lu des œuvres de ce chroniqueur, lui aussi obsédé de lieux qui sont autant de personnages débutants ; je revenais vers eux, ne les ayant jamais quittés.

Tout comme je comprenais enfin que la chose écrite porte la trace de ce cri, et qu'il n'est que de l'incliner à d'inépuisables retournements, jusqu'à la

24

satiété où se révèle en vertige notre chaos, de même relançais-je cette rame de vent qui avait lié le mahogani aux ébéniers (c'est-à-dire, cette part de rencontre et cette part d'absence mêlées qui dans les années 1830 avaient uni ou séparé Gani et Longoué), tout autant que j'appréciais enfin ce que Gani avait à distance déposé en ces hommes, comme lui déportés sur les traces des mornes : Maho le géreur en 1936 et Mani le fugitif en 1978. Me persuadant qu'à tout prendre, échappé moi aussi mais d'une chronique où je n'avais pas sollicité de paraître, et où l'auteur m'avait représenté sans qu'il m'en eût averti ou demandé l'autorisation, et m'étant gardé sauf de la sorte de perversion ou au moins de déséquilibre dont on est probablement atteint quand on se découvre ainsi raconté par un autre et de manière toute publique, avec au surplus la défaveur d'un portrait ambigu intervenant dans un contexte d'écriture peu évident — j'étais fondé à croire que ces dates précisées, que ces rapports établis serviraient à éclairer la masse de l'ensemble, à renforcer la compréhension d'une entreprise par nature si peu appréciable, que par conséquent, à fixer ces dates, à porter au jour ces rapports, je me libérerais de manière définitive du maelström, n'étant plus nécessaire dans mon corps ni dans mes vies successives à cette compréhension — comme l'avait cru mon portraitiste.

C'est par un retournement qui ne se mêlait d'aucune ironie que je semblais prendre le relais de celui qui m'avait ainsi portraituré, m'ayant fait solidaire de personnages que nous n'aurions su ni lui ni moi dire historiques, pour ce que leur part d'histoire n'avait levé qu'avec cette résurrection dans le conjectural ou, avouons-le, l'inventé. Aussi flatté que j'aie pu paraître d'un tel compagnonnage, je ne me considérais pas pour autant comme une résurgence du passé, ma vie ou plutôt mes vies successives s'étant déroulées dans un débat difficile où moi aussi j'avais eu du mal à démêler la trame. A distinguer par exemple le cri poussé en moi par d'insoupçonnés ancêtres et la tentation d'écriture peut-être réglée par l'éducation ou née de l'ardeur à dévorer tant de papiers épars ou d'ouvrages de rencontre. Tentation à laquelle il m'avait jusque-là été facile d'échapper, par le seul regard critique porté sur le travail d'un autre. Ainsi, personnage de livre, mais libéré de tout préalable d'écriture, commençais-je de rêver au récit que je pourrais un jour opposer à la masse de temps éperdu (ce maelström) où on m'avait inclus. Non pour en souligner le contredit mais pour en éclairer l'informe originel et ainsi m'y rendre caduc ou, pour tout dire, non nécessaire. La lumière incise dans le temps et dans l'agonie du temps me devait libérer de mon personnage. Même dans cet abstrait, j'entendais ne plus être porteur.

Je fréquentais en esprit mes commensaux, bien loin à vrai dire du fébrile plaisir de naviguer dans le passé (au demeurant opaque et qui résistait), mais c'était pour en finir avec eux, pour déterminer en quoi ils avaient été jugés indispensables à la narration de mon existence : pour établir ce qui nous dépassait et nous avait été jusque-là indicible. De sorte que ce relais du chroniqueur, que je voulais entreprendre, n'était que manière de le reconnaître, et que si son exploration m'avait longtemps été obscure, c'était par légitime loi.

Peut-être ai-je aussi rêvé d'élire à mon tour cet auteur en personnage de mon cru, en protagoniste de ce qui n'allait pas être ma quête mais un procès-verbal : relation tranchante et documentée de la même matière qu'il avait en tous sens chahutée. Ce ne serait plus relais mais décidé retour des choses. Quel plaisir peut-être, de le retrouver après un tel travail, de déchiffrer sur son visage l'errance inquiète qu'il avait pu lire sur le mien chaque fois que nous nous étions rencontrés, qu'il avait tâché avec une complaisance tout austère de m'ouvrir à la part de réel qu'il avait transmise en mon histoire.

Mais mon chroniqueur s'était ménagé bien des parades contre un tel retour, dont la première était que dans sa sorte de roman il m'avait impliqué à des personnes qui m'étaient chères, qui avaient partagé ma vie, non comme des héros du passé, ombres puissantes et inéluctables dont on pouvait pourtant détourner, par un effort continu, son attention, mais comme les compagnons de mes divagations et les témoins vivants de mes rêves. Ils savaient, eux, ils savaient. Retourner le texte de l'auteur, c'était avouer un impossible désir de me séparer d'eux, et non plus seulement par un départ physique, non plus seulement par cette absence du corps dont on imagine volontiers qu'elle ne débouchera jamais sur l'oblitération finale qu'est l'indifférence, plus désolée que l'oubli. Me séparer d'eux, c'était renoncer à la part de vérité que notre chroniqueur avait surprise en nos rapports, même si nous concertions entre nous qu'il avait peu rapiné dans nos cœurs et dans nos esprits.

Je me voyais ainsi ramené à mon recueil de dates, à ma série de ratures dans l'embrouillé du temps, à mes projets de mise en relations, d'équivalences ; pour finir, à cette épure de personnage dont j'avais voulu m'évader. Je ne serais pas le dernier nègre marron de cette histoire, tout de même qu'il n'en restait pièce sur les mornes. Tout autant que cet auteur, j'étais le pur Contaminé. C'est ainsi que ce mahogani m'a rattrapé, lui, bougeant immobile sur le ciel noir de pluie.

Je sais bien que je suis plus enclin à saisir des reliefs de végétation changeante qu'à mettre en scène, avec leurs rugosités qui surprennent, des êtres humains que j'aurais imaginés. Les types de personnages nous importent moins que le vent glissant sous les acacias. Quel dialogue pourrions-nous dévaler, dans tout ce cri indistinct qui nous nomme sans retenue ? Quelles descriptions tenter, quand quelques arbres assemblés nous projettent dans cette totalité obscure et flamboyante ? Je vois trop comme a été fugitive la vision qu'on a donnée

de moi, ce qu'elle a gardé en suspens, ce qu'elle a si
intrépidement ignoré.

Mon premier recours dans cette nouvelle situation, d'homme échappé de son image livresque
(image imposée par un autre mais qui n'en finissait
pas moins par définir ce que j'étais réellement) et qui
s'engage à rebours dans un contrepoint réparateur,
fut, je dirais, de marquer l'amble dans ma manière
d'avancer cette mise au jour et — quoique cette
expression technique fût pour moi toute mysté-
rieuse, les mulets d'habitation n'ayant pas eu pour
habitude de pratiquer ce style — de me dégager par
là des entassements chaotiques et des lancinements
d'écriture de mon chroniqueur.

J'allais vérifier si, dosant son travail par mes
mises au point et par une chronologie sévèrement
étudiée, je retrouverais enfin cette ligne de terre
rouge et cet emmêlement d'un cri et d'une écriture,
dont j'ai déjà longuement parlé. Ces préoccupations
d'apprenti furent balayées par la pluie en rafale sous
les ébéniers, pluie dont par ailleurs on commençait à
dire dans le pays qu'elle devenait sempiternelle, et
dont les visiteurs avaient parfois la malchance irréparable de subir, du fond de leurs chambres d'hôtel,
l'assaut étouffant et maussade pendant la durée
entière de leur séjour.

Je fus, dès la première minute de mon retour,
assailli de toutes les obscurités dont j'avais fait
reproche à mon narrateur. L'endroit avait changé,
mais non pas cette odeur du passé dont on ne se

débarrasse point tant qu'on n'a pas déroulé la chose présente avec rigueur et obstination, ou plutôt, tant qu'on ne s'en est pas outillé pour maintenir droit ce déroulement. Revinrent le charivari des générations, la folie des malheurs mornes, les espaces béants d'un lumignon à l'autre, le fracas des années déboulant dans la tête comme zébus fuyant le feu ; d'autant plus inaperçus — taraudants — qu'ils se terraient sous la réjouissante banalité de toutes choses.

De Balata au Prêcheur, les bois de la forêt étaient aussi apparemment calmes, frissonnant des taches de lumière que les nuages suintaient en flocons toujours surpris, souvent tragiques, — et à peine entamés par les pistes piétonnes qu'on y avait aménagées. Leur poids de silence ne s'était allégé en rien. Autour de Saint-Esprit, les champs de bananes vert profond, étagés en cuvette et qui faisaient pendant à la torpeur poussiéreuse du bourg, reposaient du vert métallique des cannes dont on avait auparavant côtoyé les rares plantations, lesquelles donnaient au petit espace de la plaine du Lamentin, où pourrissait l'étroit canal de La Lézarde, la dimension illusoire d'une immensité. Du Vauclin à la plage des Salines, c'était encore possible de s'égarer hors des tracées pour pique-niqueurs et d'ignorer — à l'écart — le ghetto salin du Club Méditerranée. On y pouvait même imaginer l'amorce d'un désert, tout virtuel d'une sautillante spiritualité. Il était partout loisible de se perdre, inclination douce à l'âme et à

laquelle nul ne cédait. Sur l'autre versant, l'atlantique, la mer opposait toujours, près de Sainte-Marie,
ses grandes marées immobiles, plus profondes qu'un
désert, plus splendidement interdites et désolées
qu'un marais mouvant.

Tout cela, évident, m'accabla encore de nuit.
Comme si je retournais aux pages de ces récits où on
m'avait jadis fait vivre. Ce n'était pas pour cette fois
que j'irais l'amble en cambré cheval de cérémonie.
Je m'agrippais à ma réserve de dates (1831, 1936,
1978) plus dru que les stridentes orchidées aux
branches des ébéniers, mais je me retrouvais com-
promis à ces langages successifs que j'avais ambi-
tionné de clarifier. J'étais un paroleur parmi d'autres, saturé d'un suc dont je n'étais pas capable de
peser la teneur.

Se levèrent de la terre alentour, en touffes brûlan-
tes dont il fallait se départir comme d'un bouquet de
laves fusant de ces deux mers — la Caraïbe opale et
l'Océan couleur de roches —, les plaintes et les
fièvres hautaines qui couraient sous la mièvre figure
de nos bonheurs. Je ressentis — homme, auteur, et
parabole dessinée tout à la fois — la triple unité de
cette histoire que j'avais à revivre sous des espèces si
aléatoires et opposées. En habitant du lieu, je l'écar-
tais volontiers ; en créature de fiction, j'y avais erré
par le décret d'un pouvoir qui m'imposait encore et
m'excluait de moi ; en conteur possible, je m'y
perdais d'abord, avec l'entêtement de rejoindre par

31

là, et peut-être quelques-uns loin au-devant de moi, un réel qui se dédoublait.

La recherche de l'*ordonnance* cédait donc à la contamination, et il me fallait en outre convenir que c'étaient là plaisir et vogue de qui ne participe pas, s'isole en inquiet contentement, prétend souffrir malaise quand la plupart autour de lui — avec un rien d'excès dans la brutale assurance — proclament leurs confort et stabilité. Qu'était donc ce rêve de connaissance, et son brouhaha stupéfait, au prix des lourds silences des pêcheurs de Petite Anse ou du tumulte angoissé des soirées chic de notre bourgeoisie ? Restait à me projeter au principe de cette histoire, à survoler ces embrouillaminis donnés dans les hachures de ce qu'ailleurs on nomme un roman, puis à redescendre le cours des temps, si énormément mêlé aux avatars de mon existence.

Et restait par exemple — pour me rapprocher si peu que ce fût des ordinaires détours du quotidien et des besoins de ceux qui vivent simplement, sans souci de méditer leur vie — à découvrir cette autre triple duplicité, si on peut ainsi dire, du récit : que Gani, l'enfant tari à la source, et Longoué, qui porta le même nom que sa nièce, Liberté Longoué, s'étaient succédé en 1831 dans les parages des ébéniers mais que le conteur n'avait par la suite mentionné — sélectionné — que le seul Longoué, homme de lignée ; puis que le géreur Beautemps qui marronna vers 1935 ou à peu près avait toujours eu pour nom de voisinage Maho, mais que le conteur avait négligé un fait aussi remarquable ; enfin, que le meurtrier Mani en 1978 avait connu Odono Celat, fils de Mycéa et qui eût pu être le mien, ce qui n'était dit nulle part dans l'histoire jadis contée par cet hagiographe des sites, lequel s'attardait volontiers à confondre les habitants, leur descendance, leurs visages, dans une même indistincte et trop puissante identité.

Qu'estimait à travers moi ce personnage que j'avais été mais que je ne voulais plus avoisiner, fût-ce aux commentaires plaisants de mes amis ? A coup sûr, écrire une préface au récit où il s'était vu grandir, et corriger d'un style mesuré — intervenu en tête de tout l'ouvrage — les tumultueuses obscurités d'où avaient germé (des naïvetés de l'adolescence jusqu'aux malheurs nécessaires de l'âge accompli) son langage de convention, ou de littérature, et sa lucidité d'homme trop verdi. En tête de l'ouvrage, c'est-à-dire au fondement de l'entreprise dont il était la créature et qu'il investissait à son tour en créateur tout-puissant. Et j'étais cette créature, et je devenais ce créateur.

Je me laissai chavirer dans la grande houle qu'on m'avait si bien préparée (il est vrai, en convention d'écriture) et que je ressentais si durement sous les âpres et invisibles distorsions de l'entour. Le vent glissant sous les acacias me toucha de sa parole timide. Un si long silence m'envahit, où j'entendis toutes les fureurs, le tambour des taureaux et le ricanement des chiens, et le vrombissement des flambeaux tournoyant autour des conteurs. Le mahogani et les ébéniers se trouvèrent une fois de plus consanguins. Et je revis Marie Celat, qui naviguait sur l'autre bord de la parole et de tout sentiment qui soit simplement exprimable.

Je n'oublie pas le fromager, gardien de la frontière de Pays-Mêlés : s'il me sembla qu'il s'était un peu décrépi, à l'étroit maintenant dans un espace sans effluves, pourtant j'observai que son écorce brillait autant qu'autrefois, d'un éclat qui transposait les nuances du jour et marquait, comme horloge, la dévirée du soleil. Il n'effrayait plus les enfants, tout encombré qu'il était de ces hordes de voitures qui dévalaient à ses pieds. Il irriguait d'une patience nostalgique l'homme d'âge que j'allais être.

Le fromager me ramena au mahogani, à sa simplicité sans leurres mais rétive. Leur solitude était pareille à la mienne, brûlant d'une foule muette et têtue. Je compris le combat qui s'était tenu, comme une dispute rituelle, entre celui-ci et les ébéniers. Ou du moins en eus-je une intuition théâtrale, qui me bougea loin au-delà de l'embrouillamini et me permit de répliquer aux anciennes obscurités de mon chroniqueur par une poussée de lumières. A la fin, les dates servaient à quelque chose. L'odeur du vent tournait au matin. Je rassemblais le lieu. Les cosses du mahogani s'écrasaient au sol ; sur l'une d'elles jadis, un vieux houeur avait peut-être gratté son nom. Les arbres qui vivent longtemps ont ce pouvoir de vous déporter au loin. Comme si à force de brusquer l'éternité ils savaient courir par-dessus les volcans et les mers. Le bord du monde est là, il n'est que de le toucher en avançant la main comme une feuille.

## *Celui qui sert de mari*

Ce jour, trentième d'août de l'an mil et huit cent quinze, sonne la corne dans la campagne de mahogani.

C'est temps de pluie qui commence, à désoler le colon. Sécheresse trop forte est décossante à canne. Pluie trop à crue empêche d'aller.

Au samedi du lendemain trente-unième un raconteur, mais non reconnu d'aucun atelier ni case, chante au ras de midi-brûlante une déclamation qui fait tremblement, même aux anolis visibles, aux mabouyas invisibles.

Trémise, qui a charge de ranger-dénombrer les coutelas, prétend connaître l'entendement de ce conteur : pur mensonge.

Forgeron dit que se nommait Lanoué, autre madré péché de menterie. Forgeron est accolé à chasser les bêtes rampantes volantes, guêpes vonvons, qui tourmentent les souffrants de dieu quand les travailleurs sont aux champs. Son esprit vague.

Marché-marchant qui vole ci par là des bouts de manger pour échanger avec les affamés dit que ce conteur mélange les roches de la voix dans tout le sable des papiers écrits. Comment peut-il accroire ? C'est mystère que j'entreprends, moi seul, malgré l'accablement du corps, la misère de l'esprit. Je déchiffre les signes écrits pour autant les marmonner. Ni un autre.

Je prends ensemble ce qui est incompris.

Un jeune des Cases a débauché une négresse de domesticité. Fut à corde puni pour une telle ordinaire lubricité, mais mal placée.

*C'est Hégésippe*

Un Congo esclave qui peut lire-écrire, c'est châtiment pour la conscience, comme offense au Tout-Puissant. Ainsi le dit la catéchèse. Mais je ne dis.

Le dimanche premier de septembre, le père en mission se trouble dans les paroles de l'office du dieu. Dont dit l'un en murmure dans l'assistance, mais en manière que tout un entendit : « latin labé-a débaré latin-a » — qui sonne que le père était là perdu sans retour. Qui fut un rire rentré dans les ventres mais paraissait un répons rondi de piété. Nous disons pié-poule ils entendent prié-pour-nous.

*exemple du langage d'ancien français*

Le bruit vente que les Vespres vont passer à couper dans les champs, en place de dormir à la Chapelle. Pour ce que le colon apeure le mauvais temps, déteste les restants de récolte, désire d'alimenter la chaudière au plus preste. On pensa sitôt que le nouveau-né ni le mahogani ne nous faisaient propicité. C'était pourtant rumeur fragile, qui s'enfuit. Chacun s'ensommeille à la vesprée.

Ce même jour, la campagne lève endorée de bleu, dont nul ne prend souci mis à part ceux qui se réveillent quand les bois craquent dans la nuit. Si un peut écouter la nuit, il sait aussi voir la bleuité noyer les verdures des mornes des fonds.

Ce même jour au soir le père planta le placenta lors même que le plant. Qui veut dire qu'avant ce moment, la campagne n'avait pas de nom. C'était campagne des venus-d'ailleurs. L'enfant, le plant grandis ensemble ont clairsemé alentour. A partir de désormais jusqu'à d'oré en avant on dit la campagne du mahogani. Pour quoi nous avons toujours crié l'enfant Gani, comme la fin de toute parole de toute végétation.

Dans la nuit, comme bouge en gémissant Eudoxie à qui je sers de mari, je délibère que ma manière à moi de donner le conte n'est pas de bonté ni justisse. C'est trop joli comme je dis. Ne faut mentir pour bien dire, au jour même où l'enfant le plant sont plantés. Eudoxie bouge crie l'esclavage.

Dérobé les pièces de Gazette à l'abandon sont les boucauts. Grand péché est dit de déchiffrer les mots. Mais je ne dis. Je reproduis les listes des navires, que soit en direct ou expédition. Grand contentement de tracer les lettres sur le bord de toile.

A Fort-Saint-Pierre, la *Princesse-de-Ligne*, de La Rochelle, Capit. Maurevert, parti le 15 février, arrivé le 10 avril ; le *Jupiter*, de Bordeaux, Capit. Lemenestrel, parti le 17 février, arrivé le 9 avril ;

Au Fort-Royal, le *Bon-Enfant*, de Saint-Nazaire, Capit. Faucarède, parti le 15 mars, arrivé le 20 mai.

Navires en expédition :

Le *Louisiana*, Capit. Morgan, venant de Maracaïbo, allant à Boston, arrivé le 22 mai, départ prévu le 5 juin.

Les navires traversent ma nuit.

Grand joie de composer le fret, imaginer la marchandise ! Dans toutes Gazettes, trouver les colonnes d'arrivage.

Acajou pieds réduits
Café en provenance
Sucre terré
Sucre candi
Rum en gallon
Tafia en foudres
Beurre battu
Acajou en fourches
Essences du Continent
Farine nouvelle
Farine vieille
Huile en panier
Huile en cave
Cochon gras
Cochon maigre

Peaux de bœuf en tas
Écale travaillé
Cacao en surplus
Tabac en boucaut
Petit salé par barriques
Riz à la vrac
Morue ensalée
Acajou en canons
Merrains de chêne par millier
Savon en briques
Savon français
Suif en baquets
Blanc de baleine
Vin de Bordeaux
Vin de Marseille

Je ne regarde les prix, à quoi servirait, je réfléchis seulement sur les noms. Caco est un gros nègre, cacao en surplus est prince de bon maintien. Beurre battu n'est pas saindoux. Vin de Marseille est un tafia tout doux.

Imaginé la bouche en ravissement, l'estomach à l'extase.

Farine France est velours de la gorge.

Pour les navires, jamais n'épelle celles qui portent les nègres. Temps sera de marquer les susdits alors qu'ils sont vendus à quai ou au marché. Je trace avec charbon sur les lignes qui les nomment. J'efface la mer qui les a charroyés.

Paroleur de Gazette n'est pas ménétrier de Plantation. Ne jouent-ils point même musique, ni ne font danser même bal.

Le lundi deuxième de septembre, c'est comme l'an neuf qui commence.

En de tels moments, penser au tout-monde, à tant de si-loin qui vous font un grand cri. Septembre est en miséricorde, avec la merci de novembre il porte les grands vents qui désolent les champs, vous nagez dans l'eau jaune l'indigo déteint. Septembre est le grand-père du repos.

Fut mis à corde, pour trois douzaines, un qui s'était moqué de Saint-Laurent, qui fut entendu d'un engagé surveillant, pour ce condamné à fouet. Tout heureux que ses lèvres n'eussent-tu pas été arrachées ni sa langue coupée. Se parrainait Olo, dont nous avons dit qu'à moquer Laurent Olo son sang rend. La nuit courut à le couvrir de feuilles, rabaisser sa chaleur, étouffer ses cris. Le maître-quimbois a l'habitude, le commandeur lui remet les suppliciés, à son tout va. Il ne fait pas même feinte d'appeler les esprits.


Une femme d'habitation nommée Tani a mis bas trois enfanssons dont l'un bien rose, le second noir, le troisième au milieu tout gris. Fut déclarée Mère des trois couleurs. Du moins l'a-t-on ainsi déclamé alentour. Tani a déboulé la parabole de l'humanité, elle rassemble dans son fruit les trois directions la quatrième inconnue.

Me dit Eudoxie qu'à tant démanger mon corps je tombe en zombi. Elle ne peut rêver que je marque des mots sur toute planitude à portée, qu'un nègre esclave ignorant décide d'arrêter les jours les nuits la souffrance. C'est évesnement tel que cyclone en carême. Elle estime que mon agitation est tout pour l'éloigner, que je n'accorde pas au choix de pariage des colons, que je pense son manioc trop à cru pour ma grage. Tant est rapide la nuit, tant est vide, entre deux vivants.

Le mardi du même mois, un fut manchoté pour avoir couru les bois. Un nègre marron est pire qu'un démon monté. Son cri était qu'il n'avait plus droit de nom, puisqu'il avait refusé la douceur civile. Il portait la déclaration à son cou, je fus l'un à la déchiffrer, sans mine de regarder, pour qu'aucun ne découvre ma puissance. C'était à la nuit finissante, avant les champs. Tout ce qu'on tira de lui fut qu'il réclama son bras coupé pour l'enterrer. Après quoi il lâcha d'un coup son corps et son âme. Dans le retiré de nos listes, s'appela Manchoté IV.

Qu'un Ottanto part à la rescousse de tout ce qui supporte parole. C'est magie de la nuit.

A dérober au courant de sa vie les papiers de la grande maison, sans compter les registres à parchemin le fatras de papyrus que la Fabrique accouche, il mélange la poudre à charbon l'huile de rissain, à tant qu'Eudoxie crie à son corps que son homme pratique l'engagement aux Esprits. Elle ne peut imaginer diviner supputer, elle a dit à son corps que cette eau noire est le sang de la malédiction le crachat de Belzébuth. Mais c'est plus que sang, c'est de l'encre. Maintenant je me couche près d'elle : Eudoxie tremble rétrécit dans son corps.

Ce même jour je pense aux jours à venir quand les contes seront chantés, lire-écrire tellement nul que nul ne divinera ceux qui ont vu la mort entre les lignes d'un papier primé, tant de rouges nègres jaunes mélangés dans le maelström du temps sans qu'ils approchent les commencements de la mort.

Le mercredi trois de septembre, mes yeux balancent à baisser. Je n'aurais jamais pensé si tôt après l'avenue de Gani la plantation du plant, il faut croire que je ne suis pas nommé pour l'accomplissement mais pour annoncer. Je ferme les yeux tout comme ils seront dans combien d'ans quand la nuit dansera autour de moi, je tâte je ramasse les choses tombées de la vie sur la terre bien balayée de la case, je m'exerce en prévision de l'avenir aveugle. Je crois je suis compétent, je marcherai dans la nuit.

Ils ont garé un coutelas, Trémise responsable est condamné à six douzaines. Mais au premier coup de garotte, nous assemblés pour assister, le coutelas est paru par enchantement. Trémise chante que le premier coup de la première douzaine est le plus coulant.

On dit dans les fauxbourgs de Fort-Royal ou à Saint-Pierre il est des nègres libérés qui lisent dans Gazette. Foyal est loin. Au retirement des mornes, je suis seul à déchiffrer.

Il est partout avisé que les angliches déposent sur les bords de mer des tas de manger frais, ils invitent les souffrants à venir prendre. S'il est vrai, Marché-marchant ne pourra persévérer son fourniment de négoce, chacun ira se fournissant à pleine lune en aussi plein sable, il ne changera plus les boyaux de bœuf contre les mi-livres de pois chiches, quand ce n'est pas les roquilles de tafia sinon les musses. Les angliches sont nés malins, ils adornent les habitants pour les détourner des possédants. On sait les miséreux ramachent le sable, quand les seigneurs courent à badauder. Bourbon, engliche, caballero, nous payons toujours la quote.

Tout autant qu'ils pleurent que le roi Napoléon, que nous crions La-peau-l'ognon, a perdu tête par là-bas, qu'Anglais vont débarquer de vrai. Il a remis l'esclavage, il va fréquenter le désempire.

La sultane de France se nommait Joséphine. La favorite du colon est Adonie.

*était antillaise*

Me dit Eudoxie qu'à tant bouger dans le tournis de ma tête je vais récolter au moins cinq douzaines. Elle suppose déjà les ravines dans mon dos. Elle n'aperçoit pas que je vois de moins en moins ses yeux jaunes. Chacun tourne dans sa nuit. Je ne suis pas Olo, Eudoxie lamente que je suis Engoulevent.

*le résultat = les fouets*

*?*

Qu'un voyant dont les yeux ferment longe son corps esclave près des trois roches de son feu. Qui peut accroire ?

Toutes fois que je gratte pour conjuguer la parole, le vent de la nuit souffle, je l'entends, mais quand je regarde les signes, les signes sont différents. Je

*Il écrit pendant la nuit.*

demande au vent pourquoi mes yeux ne sont pas désignés pour déchiffrer le conte ? Ma main est infertile. Seigneur de la lune, dites à ton servant qui lui a donné ce pouvoir qui arrache la peau sans mesurer les os ?

Dégrappé deux régimes dans les bananes du colon. N'est pas pour moi mais pour les marmailles de Tani. Le colon fait enquête. La pluie détrempe le pays, l'enquête avec.

Prené patience à écouter le conte, si un jour découvrez mon lot de mots, qui que soyez. Je connais que je pose question sans être marqué pour recevoir réponse. Je suis le premier Congo. — *un nom de voisinage*

*une allusion à Tani*

Eudoxie crie que la chose à venir doit dormir dans la boue du temps. L'enfant prédestiné a posé sur nous ses yeux de naissance ses yeux de mort. Eudoxie a chaviré.

Brûlé toutes Gazettes dérobées. Lavé la cendre dans l'eau de pluie.

Ils déclament Noël est venu pour tout l'an. D'aucun temps les nègres ne naviguent dans tellement de bonheur. Louis dixhuitième a connu le bannissement la misère, il saura protéger ses enfants. La navire de l'adversité a désarmé pour toujours. Ils déclament dans grand vent.

## Eudoxie

Couchée sur ma cabane j'écoute, je vois. Hégésippe est tourmenté de son écrire. La nuit d'entour est pleine. Dirait-on les étoiles dans le bois ont décalé. C'est une lumière à côté de la case, qui bouge. A porté une ombre. A changé de direction. Ça c'est le pied de mangot qui fait sa sérénade au vent. Toutes vents c'est vent. Toutes femmes c'est femme.

Dirait-on nous avons supporté pour la confrérie des supportants. Toutes femmes collées dans la boue la poussière. Moins que rien de la vie qui éclairent la vie. Qui amarrent la canne sans tracer le coutelas. Toutes voix c'est voix.

Jésabel a mangé couchecouche. Était en espérance d'un rejeton. Avait demandé si devait manger la terre pour passer l'embryon. Tous avaient répondu : « Ne mangé pas la terre, ce descendant-là sera serviable non servile. » J'avais dit : « Mangé la terre, nous ne savons pas ce qui couche dans la détresse de l'avenir. » Jésabel n'a pas mangé la terre.

Ô Seigneur elle n'a pas mangé la terre. Dans ses profondeurs le rejeton grandit. Il pousse avec les vents avec la voix. Nous sommes certains que c'est garçon, mâle violenteur abominé. Son ventre Jésabel est pointu en avant. C'est mâle qui sera désesclavé, dit-on. Son ventre n'est pas rond comme la planète des souffrances. Il pousse en avant comme un coutelas que vous pouvez voir.

Le lait de vie monte aux tétés. Jésabel déborde avant de déborder. Son rhade sur les tétés est plein du lait. Quand elle penche sur la canne, ça tombe en gouttes sur la feuille. Je dis : « Mangé la terre, nous sommes trop près des acajous. » Elle couche sur le dos pour ne pas écraser le lait avec le rejeton.

Une minuit l'odeur a appelé la bête-longue. Elle se glisse entre la femme l'homme, elle s'installe entre la femme le rejeton. Elle tète le lait promis au mâle. Elle s'allonge tout au long de Jésabel, sa queue caresse la cheville de la soutirée. Jésabel connaît dans son tété l'embouchure de la bête. Elle a senti partir le lait du rejeton. Avec le même doux attirement que fera bientôt l'enfant, sur l'autre tété. Jésabel invente alors le parangon de la statue. Toute sa force est pour ne pas crier, ne pas bouger. Elle franchit l'éternité. La bête s'en va au matin. Roulée lourde dans le lait de femme. L'homme court derrière, il tue la bête-longue. Jésabel a les cheveux tout blancs. Sa tête est comme une lessive dans les herbes. Le rejeton est né.

Ô Seigneur le rejeton est né. L'homme a pris la peau de la bête, il enroule avec le placenta, il va fouiller la terre, il plante le mahogani avec les deux peaux bien enlacées. Tout homme femme a son plant mêlé avec son placenta : fruit à pain jujube cerisier tamarin des Indes mahogani. Celui-ci partage avec l'ennemi.

Émérante est seule dans les champs. Son concubin a marronné, dit-on. Il est monté dans les bois de Vauclin. Toute la troupe a marché alentour du Mont. Émérante attend le bras coupé. Elle marche seule dans la ligne des coutelassiers. Elle a pris la place de son concubin. Elle est responsable pour sa tâche.

Tout le monde regarde, sans regarder. Quand Émérante arrête, elle passe son chiffon sur son front, elle lève les yeux sur le Mont, tout le monde baisse la tête. Quand Émérante appelle un calebassier, il donne l'eau sans regarder, comme si c'était l'élévation. Tout le monde baisse la tête.

Quand Émérante commence la journée, elle prend le coutelas dans l'atelier, sa main ne tremble pas même, toute seule parmi les coupeurs. Les amarreuses baissent la tête. Elle taille douze coupes de six-douze, tout autant qu'homme alentour. Quand Émérante revient au soir, elle traîne le coutelas sur la trace jaune rouge. Le même soleil tombe sur sa tête. Elle marche seule dans la file. Pas un ne parle en chuchotis à côté d'elle, crainte que le concubin répond.

Elle attend le bras coupé. Tout un chacun l'entend crier : « Je ne vais pas pour m'occuper d'un homme avec un seul bras. Moi Émérante, maître coupeur. Un nègre ne peut pas mêler une femme matador avec un seul bras. Je sens dans mon dos la presse du bras coupé. Je ne vais pas monter dans le bois de Vauclin. Je ne vais pas je ne vais pas. »

Dirait-on la souffrance n'a pas choisi son décorum. Émérante est sauvage, Adonie respire la fleur. Pas un ne connaît le vrai dans sa vie. Elle a treize vies, comme autant de péchés d'enfer. Mais est douce autant que cocomerlo. Sa peau blanchit par-dessous. On fait un conte sur son temps d'enfance. Dit qu'elle est née de mulâtresse établie à pleine maison par un diacre désabusé. Le diacre mort, a été vendue. La mulâtresse a passé dans d'autres mains. Dit-on plus chamarrée d'autant que flétrie.

On fait un autre conte, elle est née à Orléans. Élevée en douceur pour la vente aux colons. Exposée dans une grande auberge, c'est maison de rendez-vous. Des lumignons au plafond plus brillants que verre bouteille. Du vin des champs qui pétarade dans le cristal. Adonie sait comment vient le cristal. Elle l'a tenu dans son poing ganté, pendant que son prix montait. Mais c'est le colon d'ici qui a le dernier mot. Il l'achète plus haut que vaut, il l'embarque sur un voilier, avec cabine en satin, escarpins de velours bruni. La ramène dans ce salon, la déclare dame de compagnie. La femme du colon dit : « Je savais bien que vous ramèneriez la peste de cette Orléans où vous n'aviez que faire. » Répond en massant son tabac : « Le commerce avec l'Amérique est une nette obligation. »

Seigneur, comment est-ce que je retiens ces mots-là dans ma tête ? Qu'est-ce que c'est Amérique ? Vin des champs ?

Adonie assise la journée en face de l'épouse, elle s'applique à broder, des fils sur des fils dans la tête, elle compte les mots qu'elle dit dans le courant du jour. A surveiller l'une l'autre, en sourires ou mots coupés. La jeunesse aux yeux baissés, la vieillie aux yeux fixes. Adonie, que soit de Saint-Pierre ici ou de Nouvelle-Orléans là-bas. Qui attend que le colon bouge, il entre dans son fumoir, peut-être avec un cousin de famille ou un chanoine en tournée. Alors Adonie lève, fait la révérence, se prépare dans le réduit derrière l'office où on a ménagé sa chambre avec tant de cotonnades, un lit à montants tout comme pour une maîtresse. Adonie est une maîtresse. L'épouse ne lève pas les yeux, elle reste là on dirait pacifiée, jusqu'au moment où elle monte l'escalier avec son lumignon pour entrer dans la nuit d'en haut.

Adonie bien tranquille, Adonie tourmentée. Elle regarde la terre, elle ne la voit pas. Elle regarde les travaillants, elle ne les voit pas. Il y a un voile sur elle. Adonie qui marche dans la dentelle de la grande maison. Tout comme Émérante elle n'entend pas les chuchotis dans la nuit. Elle est séparée. Son plant est planté dans une terre qui n'a pas de place. Toutes femmes c'est femme.

Comme Tani. On ne peut pas la comprendre. C'est une bénédiction sur elle tout le temps. Elle soupire, elle chantonne, elle court. Qui peut envisager ? Dès douze ou treize ans a eu deux, trois, quatre hommes appariés. A changé chaque fois. Veut peut-être épuiser l'effectif en revue. Pas un colon ni contremaître ne l'oblige. Est une rosée dans les champs, est tourterelle alentour de la case. C'est la beauté qui n'a pas de racine, qui n'a pas d'explication. Pourtant. Vous sentez la terre attachée à ses pieds. Comme si elle attend quelqu'un. Je sais qu'elle attend le frère en lait de la bête-longue. Celui qui a tété seulement du côté gauche. Parce que le côté droit est asséché depuis la bête.

Ô Seigneur je peux voir dans l'avenir. Je peux voir dans l'avenir mais je ne vois pas le passé. Tani a trois marmailles qui ont balayé l'arc-en-ciel. C'est pas la peine de dérouler la procession de femmes.

Quand vous prenez par le morne vous tombez sur l'Habitation Senglis. C'est toute chose blême. La vie arrêtée alentour. Enfin, ce qu'on nomme la vie. Quand vous suivez la ravine vous débouchez dans l'eau chez la Roche, qui fait combat avec Senglis. Toute la terre rouge, il n'y a ni jaune ni noir ni poussière de blanc. La fureur de détestation. Mais si vous descendez vous trébuchez dans *La Touffaille*, qui est capharnaüm. Plus séché que tabac en feuilles. Les grives passent dessus à toute vitesse du vent.

Nous au mitan on travaille l'Habitation *La Dévirée*. Qui a donné le nom ? C'est pas nom de colon, c'est nom de folie des travaillants. Tout au milieu de la solitude, avec nos règlements nos châtiments à nous réservés. Pourquoi est-ce que je cours partout dans la terre avec mon esprit, alors que mon corps est immobile ici ?

Pas la peine de dérouler la procession. Serait plus amène si tout roulait d'un seul coup. Je n'ai pas de patience pour attendre la terre dessouchée, les semaines de repiquage, la houe pendant combien de siècles, cette sacrée canne-là qui pousse la nuit, on ne voit jamais son haussement, toutes les nuits à demander : « Est-ce qu'elle pousse en ce moment ? » La montagne des herbes qu'il faut nettoyer, qui sont la maison de l'ennemi des vonvons des bêtes à mille pattes, vous avez beau ajuster la toile en jambière jusqu'à vos genoux, les lignes sans fin de coupe, Émérante parmi les hommes, les amarreuses derrière avec leurs reins cassés, je ne peux plus entendre le bruit des cabrouets dans les tracées, ô Seigneur je n'ai plus la patience.

Je vous appelle, je ne sais pas où vous êtes. Si tout pouvait tomber d'un coup dans les moules à sucre les barriques à tafia d'un seul coup par-dessus nos corps, sans toutes les marques de la terre maudite sur les bras la tête les mains. Je ne sais pas même où vous vous serrez, dans quel ostensoir. Si vous avez un corps souffrant ou peut-être une âme répandue de l'autre côté des mers ?

Dirait-on vous m'avez donné celui qui me sert de mari, vous ne m'avez pas donné descendance. C'est votre grâce, pas de produit pour l'esclavage. Le colon décide que c'est celui-là mon concubin, il attend le bénéfice de mon accouplage. Mais c'est vous qui avez décidé.

Celui-là qui me sert de mari, je l'ai nommé Hégésippe. Le nom est venu sans savoir. Maintenant il est marqué pour Hégésippe, même dans les Registres de la Fabrique. L'intendant croit qu'il a choisi le nom peut-être. Mais c'est moi.

Je ne vois pas le passé, je vois l'existence de celui-là. Il apprend à lire les mots écrits, dans un missel, avec un sacristain dévergondé. Il apprend à écrire avec ses mains qui étaient déjà tout en nœuds. Il a serré sa connaissance dans tous les manches de houe qu'il a manœuvrés. Quand le colon a choisi celui-là, Eudoxie savait déjà le secret. Je fais semblant de ne pas connaître.

Un homme est habité en légèreté, il suppose qu'il est seul à monter dans la puissance. Tout de même le colon rêve qu'on est abrutis, comment peut-il sentir que je délibère dans la veille, avec les étoiles qui bougent ? Ça c'est la couleur qui vient du mahogani, qui traverse la nuit pour se poser sur ma tête. Hégésippe estime il est grand sorcier. Hégésippe bouge près des roches quand il gratte ses papiers. Il rondit son dos pour m'empêcher de voir. Il est enfermé dans le grand secret. Je crie que les diables sont dans sa peau. Je le laisse croire. C'est à penser que son plaisir est pour remplacer la descendance qui n'est pas venue.

Hégésippe a un mystère, j'ai le mystère d'Hégésippe. Il plane dans les phrases qu'il écrit. Mais qu'est-ce qu'il accomplit ? L'imitation des Registres. Toutes mots c'est mot.

Seigneur, c'est le prix de la descendance avortée. Je ne vois pas dans le passé mais je connais mon existence. Toutes les Eudoxie rassemblées dans ma tête, pour enfanter le connaissement. Eudoxie lamentée qui cherche alentour une odeur débarquée avec elle, pas un ne comprend les mots qu'elle dit ; Eudoxie nouveau-né dans un nouveau pays, tout effarée de commencer la vie en mangeant des légumes que son aïeule ne mangeait pas, elle étrangle son corps dans le manioc le dachine ; Eudoxie égarée entre la Plantation le bourg, elle hésite à planter sa cabane à la limite entre les deux, elle a permission du colon à condition de recevoir autant de ces messieurs qu'il faudra ; Eudoxie retombée dans la rue Case-Nègres, emménagée avec Hégésippe, dans l'étouffade des papiers qui parlent sans que personne entend.

Dirait-on celui-là sacrifie le temps du dormir. Je lève dans la douleur du corps cassé, préparé le coui avec la cassave mouillée à l'eau de morue, rassemblement à l'atelier où les économes distribuent les

outils, partir en équipe là où les commandeurs ont
décidé, pas d'importance si c'est la canne qui
lève ou la canne qu'on coupe, au commandement
« chanté ! » vous chantez en communion, le chanter
tombe avec la fatigue, vous avez l'eau pas trop
souvent ni en pile, alors en mitan soleil vous mangez
la cassave, quelques-uns favoris ont mis un morceau
de salé, où ont-ils pris, c'est un restant apporté par
un valet de la grande maison, la trompe a corné à
six heures du matin à six heures du soir ça c'est pour
l'équipe de la Fabrique, quand la soirée vient vous
sentez doucement la peau qui coule dans la
fraîcheur, la cuisson de jour en petit en petit rentre
dans le corps, un doux apparaît dans la poitrine il
monte dans le dos dans la tête, au commandement
« chanté ! » vous chantez pour chauffer la sueur qui
commence à froidir, les derniers moments sont
difficiles, vous avez perdu sur les autres alignés, il
faut rattraper la cadence que le commandeur a fixée,
vous avez plus de force que vous croyez, le plus dur
c'est quand vous posez le premier pas de retour, il
semble la houe le coutelas sont des animaux vivants
qui vous tirent derrière, il faudra marcher tout ça
jusqu'à votre case, passer par l'atelier pour consigner les outils, jusqu'à votre case pour regarder dans
la nuit, demander combien de jours combien de
nuits ?

J'ai peur pour Adonie. On raconte là-bas une
épouse sur une Habitation a séquestré une dans un

débarras. Un gagé commandeur l'avait aidée. L'a taillée, cravachée, craché sur son corps pendant des jours. On raconte, est-ce ça possible Seigneur, non, ça n'est possible, l'époux a entendu les cris. Est venu voir, a pris plaisir, a participé. Non, ça n'est pas possible, la chimère fait dire des inventions, la misère ouvre la porte pour la chimère. L'ont décapitée à petits coups. Buvaient du rhum, chantaient créole. L'ont jetée dans un trou des bois. Les habitants ont essayé, les gendarmes sont venus, le procureur a mis aux fers les accusateurs. Punition publique, à six douzaines chacun. A eu un grand banquet dans la grande maison. Est-ce ça possible, non ça ne peut pas. J'ai peur pour Adonie, elle ne connaît ni le partant ni le demeurant. Elle ne regarde pas dans les bois avec tous les yeux réunis. Elle est déjà dans le trou, ses gants roses, sa robe en taffetas. Peut-être il faut tout ça pour descendre dans l'avenir.

Pas la peine de dérouler les jours les nuits. Hégésippe croit il est bel esprit, pour broder francé comme pas un. Il gratte sur papier ça même que je bouleverse dans ma nuit. C'est un jeu entre nous, il a son mystère, j'ai le mystère de son mystère. Ses yeux ferment, voyez, il suppose je ne sais pas. La procession de femmes sait. Depuis le bateau du grand voyage la procession de femmes sait.

Dirait-on la lumière a bougé dans le bois. Mon corps couché sur la cabane se transporte dans le bois. C'est un jeu entre concubin concubine. Le grattage d'écriture en place de progéniture. Ça c'est un fruit à pain doux qui a tombé dans le rhazié. Hégésippe a rangé son atelier de mots. Encore-encore une nuit passée sur le monde. Toute jeu cé jeu.

# Hégésippe

Ce jour, dont ne donne la date, est jour de résumé. Si longtemps a que je ne gratte paroles sur papier ni toile. Pour rassembler la force, procurer d'un seul balan la vie de l'enfant stérile. La date ne convient aux tourments, inutile de jeudifier ou dimancher la trace écrite ni même d'avancer le quantième. Il est un que j'abandonne c'est la datation, pour ce que le temps tournant à tous balans nous prend. Il est un qu'aussi je ne saisis, c'est l'impératif. Levé, marché, chouqué. Levé, souffré, mouré. L'impératif est le cantique du travaillant.

Je confesse à Dieu tout-puissant, à tous les saints du pays d'Afrique, avoir dérobé au risque de mon corps le plus imposé Registre de la Fabrique, à fin de résumer la vie ou intention de Gani, avec les mots que j'étudie, avec les yeux que je ne vais avoir.

Premièrement que l'enfant, dès que debout sur ses

deux pieds, commença de tourner dans mornes et ravines. Par force découvrit le conteur Lanoué, selon-le-nom-donné-par-Forgeron. Lui dit : « Je révèle le conte, vous avez loi ailleurs. Allé !... Vous enfantez un travaillant vous le nommez Tiboi vous le donnez au tigre de la mort, la mort est sauvage elle vient sans appeler. »

Répondit Lanoué : « Je suis celui qui va partout, mon orteil gauche me dirige mon orteil droit m'arrête. » — Lui dit l'enfant : « Nul ne va partout sinon les marrons partout dans les bois. » — Répondit Lanoué : « Je viens en annonciation, je suis l'invisible du jour. » — Lui dit l'enfant : « Celui qui doit être annoncé s'annonce par lui-même. Retourné dans l'invisible pour toujours. » Restèrent un midi une minuit l'un devant l'autre sans bouger. Patent est que Lanoué disparut des horizons, vers où allé ? Ni bourg ni habitation ne le bornèrent non plus que les bois. Tout un chacun a connaissance de qui marronne. Dit on alors que l'enfant a puni le conte pour déboucher la menterie.

Item, a rencontré Manchoté IV quand l'a voulu. La poussière de février pétaille sur leurs têtes, la poudre rouge jaune. « Je vais, dit-il, pour honorer votre bras manquant. » Arracha la manche gauche de la harde qui couvrait son dos. — « Ce, dit Manchoté, est témoin de votre grandeur. »

« A présent, dit-il, vous serez tenu de marronner encore. Les monts de Carbet sont le-plus-propice. » — « Ce, dit Manchoté, est témoin de votre vaillance, il est vrai mon bras est obséqué pas loin d'où votre géniteur a planté votre cordon, pourtant je suis lassé de tant de courir ou de chiens courants. » — « Mais, dit-il, vous avez lâché votre âme vous l'avez reprise. Tout ont crié : Oh ! quand vous vous êtes relevé. Vous ont appelé Manchoté IV pour vous garder mémoire. » — « Ce, dit Manchoté, est témoin de gracieuseté, mais est un contremaître qui n'attend que l'occasion de tailler un jarret droit après un bras gauche, me surveille même dans ses rêves, me mène à la coupe à charroyer les calebasses d'eau tiède, me ramène à la nuit ses yeux brillent devant la porte de ma case il espère. » — « Oui, dit-il, vous ne serez Manchoté V ni Jareté Ier. Vous avez tenu votre quart, allé à cascade, mangé un gros, buvé un sec. Je n'aurai jamais toile ni fil sur ce bras. » N'avait pas plus de dix années, aucun homme alentour ne gardait les yeux dans ses yeux. Les femmes pleuraient en l'espionnant passer au loin ; pas un n'aurait pleuré devant lui.

Item un jour a tombé sur Marché-marchant, lui dit : « Les Anglais fournissent au négoce vous rapinez sur le sable à minuit ce que personne pas un diable ne va toucher, vous revendez misère à la misère. » — Marché répondit : « Je suis indéniable à la propagation des avis, comme la guêpe à la fleur, comme la rivière descendante au cheval de Morne-Pitault en haut puis au mulet de La Palun en bas. » — Lui dit Gani : « Je le consens, or à votre péril n'approché pas Eudoxie ni celui qui lui sert de mari, ces deux-là vivent sous protection, n'allé pas leur voler leur peu. » — Marché répondit : « Je vais partout pour annoncer comme a poussé votre plant, je fais portrait de sa taille qui est de trente ans déjà non de dix, je montre sa feuille étalée plus vert que bleu de mer que pas un n'approche à toucher, par moi les habitants mesurent votre croissance, sinon que sauraient-ils ? » — Lui dit Gani : « Les habitants sauront les bois sauront la mer saura. »

Tendit son poing fermé l'ouvrit montra la pièce de huit contremarquée d'un cœur troué, lui dit : « Ceci sera votre fortune en ce monde. Si un jour vous dépensez l'argent réal que tenez là sans qu'on vous crie voleur puis vous suspende par le cou, ce jour sera le septième avant votre mort. »

Lui referma la main sur le trésor à jamais. Plus n'ouvrit cette main, crainte qu'on ne crie la pièce de mort qu'on disait piastre espagnole, que pas un souffrant de sa vie n'a vue. Jusqu'au sacré jour où, malgré l'avis, voulut gager la pièce, fut pendu le septième d'après. C'est risque-à-tout du négoce.

Item, cria le rire avec Olo. A ce moment le plant
avait outré la dimension du ciel, un bois portant qui
fait l'ombrage quand même la noirceur de nuit. En
ces mêmes temps j'ai usiné un coffre à écriture pour
renfermer mes papyrus mes cosses mes vieux linges
mes écorces mes plats de bois le tas de mots. Ainsi se
roula dans la poussière avec Olo, lui dit : « Olo vous
êtes ma vieillesse vous serez désigné pour rire à ma
place ou lieu, quand mon ombre aura passé. » Dit on
qu'Olo ne répondit pièce, fut le seul à pleurer devant
lui, en vrai transport de rire. Plus ne pleura par après
mais du levant au couchant besogna de rire. Dont
nous avons dit qu'en tant de ho ho perd Olo son
eau.


Item, a rompu avec Forgeron une cassave comme
un pain de communion. Les jours étaient plus longs,
la grand-âge plus amère. Sarcler la houe menait à
chaque pas un peu plus bas. Je ne voyais pourtant
pas à mes pieds les vers de terre coupés tordus. Le
jour défilait la nuit. Le suif réchauffe vos quatre
heures à mâtines, le suif essouffle votre allongée de
la minuit. Toute la case est un tombeau.
A donc rompu le pain emmanioqué avec le pur
esprit, le Forgeron. Lui dit : « Vous chassez vonvons
mariés à bêtes-longues devant les coupeurs amarreurs. Vous ménagez la terre pour les pieds des
malheureux. La mère des douleurs a pleuré la rosée

par vos yeux. Vous forgez le rayon de lune, vous peinturez le ras de soleil. » — Dit Forgeron : « Par quel miracle pouvez-vous tirer de ma besogne tellement de lune ? Ne suis qu'un vieux habitant trop faible pour tailler sarcler marrer. Les yeux du colon ne me voient pas la main du géreur ne me frappe plus. Je commerce avec les bêtes de l'archange ainsi que Noé est mon compagnon. » — Lui dit : « La vérité est votre compagnon, je ne suis prédicateur, plus ne prévois la chose à venir. Arrangé-vous de la beauté de lune que vous avez forgée. »

N'avait parole qui ne porte à trembler.


Item commanda Trémise lui confisqua ce coutelas lui donna mission de méfaire le compte. A matin au soir le contremaître dénombrait dans l'atelier trente-deux coutelas, il en était trente-un. A chaque dénombrement le soupir tombait de nos cœurs. J'étais désigné pour porter le coutelas invisible. Je sarclais houe avec mes mains je coupais canne avec mon esprit. Devenu l'élu de l'interdit, porte-coutelas de l'armée qui n'existe pas. Dit à Trémise : « Protégé-vous de dénombrer les outils de vos parentèles. Protégé-vous d'accroire le conte où est supputée la désespérance. »

Je confesse aux âmes des suppliciés avoir jeté à la ronde mon fourniment de mots, l'avoir retrouvé intact ordonné sous le treillis de la case. Remis le tout dans mon coffre à écriture en compagnie de ce dit résumé. Eudoxie a deviné la main de l'enfant. Vrai qu'il court par toute la terre outre les limites des plantations sans retenue. Les maîtres des Habitations semblaient penser qu'il n'existe, ou bien les gérants ne faisaient pas rapport. C'est le marron exulté parmi nous. Me vient en tête que ma puissance était pour l'augurer, que mon lire-écrire sert à louer son ouvrage seulement. Puis les Anglais de vrai tentent le débarquement, où il y eut grande bataille. Furent mis en première ligne de feu les souffrants de dieu. A péri Périclès le major-damier, tout le cousinage de maître Palto, la moitié du Grand Congo. A péri Doudou Madelon, les grands rieurs saltimbanques, les poursuiteurs de femmes, les festoyeurs de la février. A péri Augouvent qui était enroué, la chute des vents dans sa gorge. N'a pas péri celui que l'enfant a protégé, ni Trémise ni Olo ni Forgeron.

Item, est donc révélé tutélaire de nos souffrances de nos ignorances. Le bois est lors plus fourni en population qu'une Centrale à sucre, dirait-on pas que les cabrouets roulent sur ses branches, sa tête arrondie dans l'air comme le mont de Vauclin. Or a commencé Gani à fréquenter Tani, la Mère des trois couleurs. Avait treize ans, négligeait les femmes qui promènent entre les champs. Mais a poursuivi Tani, la violenta maintes fois, qui se laissait. Les travailleurs silencieux détournaient la tête. Chacun sait qu'il y avait entre eux plus que la différence d'une lettre de l'alphabet. Que Tani avait résisté à monsieur manuel, l'enragé commandeur engagé, qui venge sa condition dans le sang des travaillants tout comme dans le ventre des femmes. Jamais n'a pu l'abaisser. Que la violentait une puissance qu'elle choisit d'accepter. Lui dit : « Votre plantation a fini en avril, votre feuillage fait laitance, ho ! La pluie met sa case sur votre journée. Où est mon candi mon rhum où est tabac caco ma récolte a séché dans la direction inconnue. » La violentait de nouveau.

Dernièrement, a mis le terme à son ouvrage, qui a levé notre petit jour. Qu'un Ottanto qui ne peut pas même supporter un coutelas invisible se trouve à conter le début du commencement, c'est cadeau du temps bienfaisant. Je comprends que le conte n'a pas suffi, Tiboi est personnage imaginé. Les tigres volent dans nos mémoires. Gani a prédit qu'il faut garder le tout-monde, courir après. Non pas sur deux jambes comme un fol dératé mais en serrant la pensée en ouvrant la pitié qui bouge dans le cœur. Ci la dernière parole arrachée à mes papyrus. Un seul sait lire-écrire, à quoi sert-il véritablement ? L'enfant nous apprend qu'il y a une ouverture loin en avant. Nous prenons le chemin en foule amassée comme pour aller aux champs. Sans géreur ni commandeur. Il a passé sur nous tout comme l'embellie dans le temps crachant. C'était sa mission. A ce jour le plant est devenu mahogani. Je rassemble ma harde j'éteins le suif. Eudoxie bouge dit : « Encore un jour de la bonté de dieu, mes reins cassent bien avant. » Dehors les pas traînent c'est mon voisin Eucalyptus premier couché premier levé son corps est une mécanique. Olo court déjà dans son rire comme la tourterelle devant la pluie. Advient un autre jour de la pitié de dieu, où tout est dit.

Ce jourd'hui. Gani porte douze-quatre récoltes sur la tête, comme la lune sur le morne. Ce qui s'ensuit n'est plus de mon conte, incontinent je vais fouiller la terre déposer le résumé dans sa nuit avec mes yeux pour toujours jusqu'à la découverte. Mon ouvrage a terminé, au nom de la Très Sainte Vierge des miséreux, que j'envoie au hasard ou à l'ouverture du temps, pour le bienheureux qui l'encontrera. Mes yeux finissent de fermer. Pour moi Eudoxie est une ombrage qui a passé.

# Lanoué

« Parce que la mère de la mère de ma mère m'a crié de donner un conte très bon, que tous iront pour entendre, quand la feuille protège le vent. Mais il y a tant de piquants sous la feuille, que tu ne divines pas ô mère de mes mères.

« Elle me dit : " Laissez là les piquants, posez les mains dans la clarté des habitants. Expliquez, détaillez, présentez à tous. Pour vivre à travers la vie, embellir le temps. " Mais il y a tellement de vies combien de temps ô mère du temps.

« Depuis le jour où le planteur de nos corps a écarté les feuilles de caco portées par la pluie de sables, crié fouillant le trou, ramenant le vent autour de la souche tant minuscule : " Moi maître des quatre vies je vous donne respiration, pour accomplir les quatre directions ! " Depuis ce jour le bois de mort qui se renforce à chaque fois, quand noir bleuté dans le sang visquant un nouveau corps est ajouté au corps souffrant de nos parents.

« Premier Congo désassemblé de sa marmaille, il

cherche au chaud de nuit un coin de cailloutis pour
semer sa rage, se délester.

« Alors le vent a fécondé dans l'entraille du Trou-
à-Roches : le Trou-à-Roches a enfanté les trois tigres
de l'espérance, de la souffrance, de la mort qui est
sans mission.

« Le tigre de l'espérance est disparu toutafaite-
ment, le tigre de la mort dite est tombé en sommeil,
le tigre de la souffrance a grossi dans la lune : sa
lumière a descendu sur Tiboi, qui est aux alentours
le plus insulté travaillant.

« Tiboi crie : " Oho voici fleuris sur le pied gauche
du dieu mes neuf descendantes mes vingt-sept descendants ! "

« Le dieu a bougé son pied, ils sont précipités ici
sur la rivière du monde. Ils ont levé le tigre de
l'espérance qui a griffé la terre, d'où est sorti le plant
qui amarre l'homme.

« Si vous trouvez Tiboi vous détrouvez la déroule
de l'histoire. Mais à tant que vous réveillez le tigre de
la mort, qui m'a envoyé parmi vous d'un coup de sa
queue bien fournie !

« Hommes humains, ne levez pas le tigre de la
mort ! »

Lanoué, partout errant, contait son résumé dénaturé de conte, que plus un n'écoutait. Il appelait de
loin les mulets et les chiens marrons, pour leur
parler follement.

## Mathieu

Ma déconvenue fut réelle de constater que les personnes dont on avait fait mes compagnons de fiction tenaient à préserver — tout au moins avec cette seule représentation qu'elles se faisaient de moi — de tels rapports imaginaires. Je parle des personnes qui ne m'étaient pas proches, n'ayant aucune raison même discrète de partager mes préoccupations, et qui s'assuraient d'autant plus que je ne relâcherais pas ces liens, tissés par le caprice d'un autre. Quoique non convaincues de l'évidence de notre voisinage au livre, et quoiqu'elles n'aient rien retenu de l'effort de notre commun narrateur ni de l'à-propos de sa parole, elles refusaient de me considérer autrement que comme un complice dans l'univers imposant de la fiction. Elles m'appelaient du nom de ce personnage qu'on avait fait de moi et non du mien véritablement, encore moins du surnom que l'usage commun m'avait dévolu sans qu'on eût jamais su qui en avait été le premier attributeur. C'était difficile de cesser d'être créature ; beaucoup plus encore que d'entreprendre de créer dans une direction nouvelle.

Je choisis d'aller au bout de leur logique et voulus les entraîner à la fréquentation divinatoire des héros du passé auxquels on nous avait associés. Mais elles furent saisies d'une sorte incompréhensible de peur à l'idée d'aller divaguer dans des contes opaques, dans des bribes de prophéties, dans ces relents balbutiés de savoir que les vieilles gens des campagnes laissent traîner autour d'elles. Il arrivait à ces personnes ainsi décontenancées de justifier leurs craintes en se prévalant de celle-ci que j'aurais pu encourir : la détresse de l'avenir. « Vous avez peur de la chose qui vient, c'est pourquoi vous criez toujours le passé. » Elles y étaient encouragées par les sentences de ces gens qui nous viennent de partout et savent mieux que nous l'usage de notre tourment. Quand je parlais du mahogani ou des trois ébéniers, chacun me répondait avec un niais et calculé sourire que ces arbres se comptaient par centaines, peut-être par milliers, dans les campagnes et les bois.

— Oui, mais celui-là précisément, qui a été planté en 1815 ?

— Et comment le savez-vous, que c'est 1815 ?

— Par l'histoire de l'enfant Gani qui ne connut jamais la quatrième direction.

— C'est vous qui avez perdu la direction. Ce à quoi les gens, qui ont tellement de difficultés, s'intéressent, c'est la paie de fin de mois, l'allocation pour un logement, de quoi acheter au Monoprix.

— Bien, c'est normal, c'est normal. Mais vous avez entendu l'histoire. Est-il possible qu'un enfant ait eu un tel pouvoir en une époque où nous n'étions que cendre et brûlis au vent ?

— Cendre et brûlis au vent, qu'est-ce que ça veut dire, arrêtez de rondir vos phrases. Les enfants ne regardaient pas les grandes personnes dans les yeux.

J'en fus à grappiller les quelques souvenirs qui étaient encore accrochés aux branles des vérandas ou au frais des grands manguiers. A cette époque je n'avais rencontré aucun de ceux qui, saisis comme moi par ces volées de vent inaperçues, cherchaient aussi où s'agripper.

A dévaler dans les mémoires, j'obtins confirmation de l'aventure du vieux houeur et récoltai quelques pièces de sa production, transmises d'âge en âge au plus reculé des mornes. C'était légende assurément, mais dont on donnait des citations probantes. Comme si quelques-uns en secret, des dizaines d'années après l'événement, avaient déterré le coffre à écriture et consulté son contenu, pour le débiter aux veillées devant des auditoires ignorants et fascinés. Je ne pus établir si ce vieux houeur avait eu le goût naturel de confesser son sentiment dans la langue créole — auquel cas on devrait imputer à mes informateurs l'adaptation dont j'avais eu connaissance et dont, tel un ethnologue en terre d'étude, j'avais tâché de respecter la lettre, l'imaginant quelquefois — ou s'il avait eu cet autre génie, paraphrasant le langage de ceux qui se considéraient comme ses maîtres, de le reformer à miracle et de l'incliner à la miséricordieuse relation des enfances de Gani. Dans l'une et l'autre perspective il avait usé ses yeux à une prophétique parabole de ce qui ne cesserait de grandir dans nos voix et dans nos esprits : la variation des langues dont nous usions, leur transmutation vertigineuse en un langage pertinent. J'étais parfois emporté loin de ces considérations par la pathétique solitude de l'enfant, plus encore que par son pouvoir. Ce n'était pas seulement dans les mémoires ainsi assemblées par grappillage que je fouillais, c'était dans la mienne principalement.

Relayant ce vieux houeur, comme l'amarreur pas à pas suit le coupeur, et il assemble et lie de feuilles sèches mêlées aux feuilles vertes les bouts que celui-ci a taillés, ainsi amassai-je bruits et rumeurs tombés de la fin de cette histoire, en quantité suffisante pour m'y perdre. J'éprouvais parfois quelque gêne à imaginer mon tumultueux auteur rigolant à grosse voix de ma plongée incontrôlée : moi qui avais prétendu lui opposer des leçons de clarté. Aussi m'exerçais-je, répertoriant les cosses du passé, à une tranquillité d'écriture qui garantissait à mes yeux la seule liberté vraie par rapport à tout auteur possible. Ma prétention à l'objectivité s'évertuait dans ce tohu-bohu.

La première éclaircie fut pour découvrir que le mahogani esquissait dans la nuit qu'il faisait lui-même une figure stylisée où je crus reconnaître ces écorces gravées qui jadis avaient représenté à gros traits les nègres marrons et qui paraissaient si stupidement imitées des masques africains. Nos cartes de non-identité. La branche centrale dessinait un nez très long, aplati à l'endroit où il se séparait du tronc, puissant cou de guerrier. Les branches latérales s'arc-boutaient autour de deux espaces qui étaient sans contredit les cavités d'orbites ouvertes sur le noir du ciel. En haut, les jeunes pousses s'élançaient en aigrettes comme des cimiers. Il y manquait peut-être une amorce de bouche, en même temps que les orbites béaient trop sur l'inconnu. Elles avaient l'intensité morne du regard de ce Christ de ciment dont les yeux plats et fixes devaient bien plus tard me figer au pied de la statue du Corcovado qui brasse l'air de la baie de Rio. Le mahogani vous regardait sans vous voir ni vous parler.

Le rapprochement de l'arbre et des écorces d'identité, à cet endroit et en ce moment plus propre à inspirer la crainte que le plaisir esthétique, me précipita dans le sillage d'une autre rumeur, selon laquelle l'enfant dans sa dernière course avait reproduit sur la terre d'alentour *la figure du monde*, commentant en termes devins l'œuvre qu'il accomplissait en s'enfuyant à la ronde.

Il n'avait fait que cela : s'en aller ; ce qui avait suffi pour démarrer chez les colons et les commandeurs une agitation d'autant plus appréciable que son existence même d'enfant avait semblé jusque-là nulle. Il avait traîné à l'ordinaire des plantations sans avoir été recensé sur celle où il était né, sans y être assigné. Sa liberté semblait ainsi de carnaval. Nul ne s'était demandé pourquoi ses géniteurs n'avaient pas été tenus responsables d'un tel vagabondage. Voilà qu'on organisait des criées dans les bois, qu'on réquisitionnait coupeurs et sarcleurs, amarreurs et muletiers, les rouleurs de pétun et les chauffeurs de chaudière, pour le suivre en battue. Les commandeurs exaspérés s'étaient armés à feu, les menaces s'étaient exacerbées en promesses de supplice, la nuit s'était peuplée de flambeaux, le jour d'éclairs de coutelas.

L'enfant courait dans les bois. Il rencontra un cochon sauvage qui le défia, son poil hérissé sur le dos, ses flancs déchirés sur les côtes en relief. Il marcha sur le cochon sauvage qui lentement tourna la tête vers la ravine. La bête respira longtemps, dévala vers l'amorce de la route du Vauclin. C'était le dixième jour après la disparition de Gani, tout un chacun savait où il était, comment le joindre, mais il n'avait pas dit ni laissé connaître dans quelles caches porter les vivres dont il avait besoin. Les femmes déposaient du manioc et des ignames cuites dans la graisse de cochon à certains endroits où c'était sûr que géreurs ni économes ne se rendraient. Après quoi elles allumaient, à l'abri d'un bambou évidé percé de trous, des bouts de suif qu'elles installaient devant la nourriture. Il semble bien qu'aucune bête ne dévastait ces offrandes. Les habi-

tants regardaient dans la nuit, à travers les fissures
des cases, ces étoiles piquées dans la masse des bois,
qui parfois s'éteignaient comme des bêtes à feu
prises de vieillesse. C'était comme si le ciel s'étendait en nappe sur la noirceur de la terre. Les femmes
changeaient chacune l'emplacement de son lumignon et de son aliment, à chaque soir. Elles ne
revenaient pas vérifier si la nourriture avait été
prise. La position de ces étoiles variait ainsi d'un
minuit à l'autre. A cette époque — c'est-à-dire,
pendant toute la course de Gani —, ces femmes
toisaient d'un air de défi les mâles passant à portée.
Mais Tani les dépassait toutes. La seule à quitter sa
case et à courir de nuit à la recherche de Gani, sans
craindre les zombies ni les engoulevents. Les
champs abandonnés, la population ne s'activait
qu'aux petits travaux assis ou à cette battue sans
véritable objet. Tous retrouvaient les traces laissées
à dessein par le poursuivi et celles dont Tani n'avait
pas eu le temps de se préoccuper. Ainsi pouvait-on
prévoir à quel moment et où ils se rencontreraient.
Ce fut après l'aménagement de la première cache,
découverte par l'errant grâce au cochon sauvage. La
bête s'était engouffrée dans une fondrière où Gani
l'avait suivie. A droite de l'éboulement un trou de
terre était masqué par des orties géantes que l'enfant
écarta sans danger, qui se refermèrent derrière lui,
pendant que le cochon menait son sabbat dans la
fondrière. Et ce fut Tani qui raconta la chose à
Eudoxie, après avoir déclaré qu'elle serait seule

désormais à déposer le manger. Ce qui fut accepté sans histoire.

La trace qu'il dessina d'abord dans la terre d'alentour fut celle d'Afrique. Il dit : « Dans l'infini pays d'Afrique, en un endroit où la savane vient disparaître dans les bois, sur un morne où couraient les vétivers, un guerrier se fit punition pour avoir osé menacer sa bien-aimée. » (Le dit-il ainsi, nul ne saurait l'affirmer : le texte que voici est le dernier maillon d'une chaîne qui a longtemps traîné dans les herbes du temps.) Il dit : « Se dépouilla des ornements qui marquaient son rang, les bracelets de cuivre, les plumes d'oiseau sacré, les armes. Brouilla tailla sur sa tête les marques rituelles, pour masquer sa mort réelle. S'exposa au soleil, ne bougea plus. »

— Répondit Tani : « Je ne sais pas pourquoi vous voulez à un tel point vous retirer dans votre solitude, gager votre vie contre tous. Vous vous violentez quand vous croyez brusquer les autres. » Ils parlaient en rêve, dans une langue qui ne concernait en rien l'ordinaire de l'entour. Il dit : « J'installerai trois caches pour les vivres, une pour les outils. Je veux grandir ici le temps qu'il nous faudra. »

Dès lors commença véritablement de composer sur la terre d'alentour la figure du monde. Alla d'Afrique qui était au bas de la route du Vauclin à la Chine où se trouvait, dans la dernière des cinq cases, la cache à outils, puis à l'Inde tapie entre les ébéniers, c'était la deuxième cache à vivres, et de l'Inde à la Pyramide de Pérou, dernière cargaison.

Tani découvrit l'un après l'autre ces abris. Comment penser, avec ce mouvement de bataille autour de lui, et les imprécations des géreurs, et la certitude d'être à corde pendu, qu'il choisissait d'établir son camp, de ménager ses caches sur un si petit espace, acassé à l'ombre de son propre plant, là où il semblait bien qu'on viendrait d'abord repérer sa trace, et dont le périmètre atteignait à peine ce qu'on aurait calculé comme l'équivalent de six kilomètres.

La Chine était celle des cinq cases qui avançait le plus dans le contrefort, comme une redoute abandonnée par deux armées qui se seraient retirées pour prendre force avant l'assaut. Ce groupe de cases se désignait Cases l'Étang, quoiqu'il n'y eût pas d'étang à proximité. A moins qu'on ne considérât comme tel le bassin d'eau qui évasait la ravine bien au-delà des ébéniers et où la marmaille des petites bandes menait les mulets à bouchonner avant de les panser au bleu. Il dit : « Le chemin des mulets mène à ce pays. »

Cases l'Étang était désert depuis des temps, les cinq groupes d'hommes, de femmes et d'enfants qui avaient vécu là ayant disparu en l'espace de deux jours, emportés sans cause connue.

Pas même l'ardeur de la poursuite n'aurait entraîné les commandeurs sur le Chemin où pas un mulet ne passait. Tout un chacun débordait le contrefort par la ravine ou tournait de l'autre côté dans la direction des ébéniers, sans oser regarder dans la profondeur de l'étang.

A ce moment le mahogani n'avait plus forme humaine, il figurait un volcan bouillant dans la nuit. Sa base était envahie de bêtes à feu qui étaient descendues au long de ses flancs, argentés par endroits, sombres le plus souvent. La cime était aplatie par le vent, la lumière de la lune en surgissait comme une poussée de lave. Gani montra la cache de ce qu'il appelait les outils et les dénombra : une varlope qu'il fabriquerait lui-même avec le fer et la grosse vis que Tani lui apporterait, une bêche fournie sans le manche, un coutelas qu'il avait déjà. Le coutelas invisible. Il dit : « Dans le pays du Milieu, il y a de cela des mille et mille ans, advint un tremblement de terre sans rémission. Les entrailles des profondeurs sont explosées au milieu des grandes villes tout comme des campagnes fleuries. Les femmes les hommes sont entassés avec les bois des maisons les délicats peinturages. Les enfants sont engloutis. La mort a dévasté, seule à ne pas trembler. Mais une plantation de riz au milieu de la catastrophe a demeuré légère, reflétée dans son eau. Pas une branche n'avait cassé. Les habitants ont vénéré la récolte des dieux, qui depuis ce temps est restée verte immortelle. C'est pourquoi jusqu'à ce jour nous avons mangé le peu de riz que ces gens de l'Habitation nous autorisent. Parce que si ce champ de riz balançant va pour mourir, tous les riz du monde sont pour disparaître. »

Aussi montra l'Inde, qu'il appelait le pays de Décan, où il gratta la mousse au coin d'une racine, fit remarquer que les ébéniers formaient un triangle parfait ; ajoutant que les habitants de ce pays seraient bientôt déportés dans le voisinage. Et au bout des champs de coco, loin en marge du Chemin des mulets, les fosses d'ignames en espalier qu'il appelait la Pyramide de Pérou. Il dit : « Vivait une fois un Prince de Pérou qui se révolta contre les maîtres des plantations. Or son guerrier premier était un du pays d'Afrique, lequel mourut en exécution publique avec lui. Ainsi le pays d'Afrique a monté le mont des Andes. » — Répondit Tani : « Je ne crois pas mourir en exécution publique avec vous, même si je ne suis pas votre guerrier premier, pour cela que je ne veux pas voir votre mort ni l'annoncer. » — Il dit : « Je vous montre à rêve le toutmonde, que la trace des pays la répétition des voix passent dans votre descendance. » — Répondit Tani : « A lever de chaque jour, avant de partir aux champs, je démêle avec le suif les cheveux de ma descendance, je tire je sépare, j'arrache un peu, pour que la cervelle reste éveillée. » Alors il posa la tête contre sa poitrine et elle lui enlevait la terre mélangée à ses mèches jaunies.

Je ne prétends pas être de la descendance (qui avait donc commencé par les enfançons, demeurés on dirait en l'état quoiqu'ils eussent presque l'âge de Gani), même si un brusqueur de mémoire m'a ainsi qualifié en faisant de moi son vulnérable modèle — mais je revois ces deux-là sous les ébéniers chaque fois que j'entends le crissement d'un démêloir dans des cheveux rétifs ; j'imagine les trois enfants alignés, attendant cette cérémonie de torture qui préludait à leur journée de travail, pleurant avant même que Tani, dans la pénombre de la case bientôt rayée des premières chaleurs du jour, eût posé une main raide sur la tête du premier. J'entends aussi, en haut de la Pyramide de Pérou, le dialogue ineffable ; et je ressens la pitié de la situation.

' Il n'avait fait que s'en aller : refuser avec théâtre et mépris une condition dont personne n'avait songé à lui disputer la jouissance, où il disposait d'une liberté sans limites, à une époque où tout un chacun était prisonnier d'une case et de carrés de champs où s'échiner, où tâcher de dormir le peu qu'il était possible. Il ne lui suffisait pas d'avoir montré faisable d'échapper à la fatalité ; il voulait plus avant consacrer son exemple aux yeux de tous en courant le chemin des nègres marrons, mais là tout près, dans l'espace qu'il s'était choisi.

Ni les chiens ni les économes ni les maîtres des habitations ne recommenceraient sur lui le tournis de souffrance qu'ils avaient abattu sur les Manchotés, dont la liste était égrenée dans les cases. Mais ils savaient tous à la ronde que son temps était éphémère et qu'il ne connaîtrait pas la quatrième direction.

C'était un enfant, pliant sous son propre pouvoir. Il changeait les choses autour de lui, et jusqu'à la parole des gens. Il avait sauvé de la dispersion l'amas de mots du vieux houeur, après l'avoir peut-être inspiré. Sa pitoyable majesté s'accordait avec la tristesse des tracées de boue et avec les yeux infinis des femmes et avec la poussière accrochée aux gouttières de bambou derrière les cases. Quand on quittait la Plantation pour monter par le Chemin des mulets vers Cases l'Étang et la route du Vauclin, ou à l'opposé vers le mahogani et les ébéniers, l'air était concentré en un bleu intense et l'odeur de charbon faisait chavirer. Qui avait fouillé ce four dont la fumée planait éternelle et qui figurait pour tous la plantation de riz immuable dans le tremblement ?

Et c'était d'être parti qui le condamnait à une mort aussi prévisible que le destin de Marché-marchant. Tani quant à elle changeait, on eût dit au fur et à mesure qu'elle découvrait les caches. Elle devenait tranquille, comme si la nuit était entrée en elle. Messagère des offrandes, elle ne l'obligeait plus à manger la nourriture faite par tous. Elle acceptait simplement qu'il marchât à sa guise, vers on ne savait quoi.

Je revenais de ces temps reculés avec la tentation de les prendre à mon compte et de me fondre dans un nous bienfaisant qui m'eût aussi bien permis de m'y effacer ; mais l'exemple de mon biographe me retenait de céder à un si naturel et tout logique penchant, au souvenir de l'abondance et de la conviction avec lesquelles il m'avait précédé dans cette voie. Je n'allais pas recommencer la sarabande, ajouter au bataclan. Je me retirais donc dans de nouvelles distances, je tâchais de raidir ce qui m'était révélé si diffusément, je m'efforçais de remonter de la plongée avec le regard aigu du pêcheur qui apprécie sa prise et remet à plus tard jubilation et vantardises. Il s'agissait après tout d'un épisode banal dans l'histoire du lieu, le marronnage d'un nègre affamé de n'importe quoi qui ne fût pas l'amère et morne désespérance de son état ; épisode qui avait apparemment laissé peu de trace dans ce nous que je désirais parfois d'exprimer ou de vivre.

— Il dit : « Je veux terminer avec moi toutes les races des hommes. Ce qui va vivre après moi n'appartient plus à l'humanité. »

— Dit Tani : « Ce faut-il échanger la peine qui s'éternise jour après jour contre la peine qui tombe sur vous d'un seul comme une roche. »

— « Voici, dit-il, le premier échangement. Vous apprendrez l'égoïne, la houe, le coutelas. Ce seront vos salamalecs lorsque mon histoire a pris fin. »

— Dit Tani : « Regardez, je suis meilleure que vous. Il n'a pas de raison que vous montez, et nous en bas. »

Elle essayait doucement de le ramener. Mais ses yeux plissaient jusqu'à disparaître dans sa face et sa tête penchait vers ailleurs. Il choisissait maintenant d'avoir avec elle une dispute profonde et nuancée, plus mauvaise que la violence. Mais elle était aussi savante que lui ; elle avait appris à se dérober.

Ils vécurent en raccourci l'histoire des amours qui naissent, grandissent et demeurent en suspens sans qu'aucun cri les bouge. Il n'y avait d'ailleurs pas de mot pour désigner ce qu'on aurait cru être amour ou affection. Ils se confondirent dans des mystères de parole que nul alentour n'eût pu entreprendre et dans des actes qu'ils ne maîtrisaient pas eux-mêmes. Ils virent cette descendance des enfançons ; aussi le trou béant où tomberait Gani. Leur vie fut éternelle dans un si petit espace et dans un temps si rapproché.

Les géreurs à la fin tâchaient d'organiser leur anarchique battue. Ils délimitèrent plusieurs espaces de chasse, dont Cases l'Étang et ses environs furent le dernier. Ils firent alors monter leurs troupes par la ravine, les déployant sur la savane argentée après avoir sans honte tourné au large des cinq cases, lesquelles ménageaient en impasse une allée lamentable d'herbes et de tessons entre leurs murs de torchis et leurs toits de paille. Un jour, ils alimentèrent de tafia la course et les fracas de la meute qu'ils agitaient à cette tâche. Ils découvrirent l'espace de mousse entre les ébéniers, ils évaluèrent la taille du mahogani, qu'ils n'osèrent entreprendre de déraciner ; ils firent fouiller avant temps et comme par représailles les fosses d'ignames étagées sur les degrés au fur et à mesure rétrécis de la Pyramide de Pérou. Nul ne sembla sur le point de découvrir une cache. La troupe tournait, avec des chansons parfois qui s'adressaient à l'enfant, et parfois des saccades de gestes comme s'ils avaient tous voulu attraper dans l'air cette odeur de charbon pour en protéger Gani et Tani. Les chiens ni les géreurs ne s'y retrouvaient ; pour cette fois aucune promesse de récompense n'avait suscité de pisteurs ni de délateurs. Délation était morte pour un bon bout de temps.

Le plus entraînant de ces chanters, qui étaient poussés pour avertir, recomposait la figure du monde. Géreurs et économes s'esclaffaient à ces évocations de Chine et d'Afrique, d'Inde et de Pérou, pays ou rêves qu'ils n'auraient pu eux-mêmes situer ni faire vivre. « Dans la terre de Décan, près de la Ganga sacrée, un saint homme voit en illumination les cortèges de ses descendants. D'où venez-vous, demande-t-il. Nous venons de La Palun où nous avons passé, de l'Ajoupa où nous sommes demeurés. Avons mis la main dans la main des libérés. Nous pérégrinons pour apaiser nos dieux. » Les commandeurs tombaient de rire. Ces nègres voyageaient beaucoup dans la folie et l'enfantillage. Le comique était quand Tani participait à la poursuite, frappant à grands bras les branches à portée, récitant comme une litanie les histoires du tout-monde. Aussi déchaînée mécanique et extravagante dans sa danse qu'elle avait pu paraître secrète-douce quand elle revenait de rencontrer l'enfant. Alors il valait la peine de l'accompagner, à pousser de gros cris comme si c'était une trace que quelqu'un avait repérée. Les commandeurs accouraient pour apprécier la découverte, s'en retournaient au galop vers d'autres hurlements. Le carnaval faisait

tourner la tête, le repos de la nuit passait à récapituler.

Gani était partout présent, comme un nuage masqué de soleil. Nul ne supposait ce qu'il entreprenait,
ou rêvait ou suggérait, d'accomplir ; il était simplement une force qui aide. Il dit : « Voici mon temps
venu. Je reconnais être le maître ou l'esclave tout
pareillement. Je suis transsubstantié. » — Demanda
Tani : « Qu'est-ce que transsubstantié ? » — Il dit :
« Je ne sais pas, mais c'est belle parole. »

Il dit encore : « Je connais que je suis ce guerrier
qui s'est lui-même porté à condamnation. » —
Répondit Tani : « Que votre volonté soit faite, puisque c'est la mienne aussi. » Alors il planta dans la
mousse sous les ébéniers ce coutelas naguère devenu
invisible et qu'Anne Béluse devait déraciner peu de
temps après (mais déjà ébréché, rouillé, le coutelas,
comme s'il avait vécu des siècles de moisi en l'espace
de pas même trois mois) et qu'il balança pour arrêter
net l'élan sauvage et moqueur de Liberté Longoué.
Bien entendu, la nouvelle fut rapportée qu'il y avait
eu deux coutelas d'enterrés sous le couvert de
mousse, et même que c'était là un cimetière de
coutelas pour l'armée elle aussi invisible de ceux qui
ne voulaient pas couper la canne, cosser le caco,
rouler le pétun, sécher la cannelle en éternité.

C'était en l'année 1831, qui n'est pas si loin qu'on
croit du jour de la naissance de papa Longoué le
quimboiseur et qui n'est tout à fait pas loin du temps
qui amena ce qu'on appelle la libération des

esclaves. Je veille à communiquer les dates, parce qu'aussi bien mon intention est de dresser calendrier. Les dates permettent de monter jusqu'au moment inconnu de votre accouchement. Cette année-là précisément, la poussière quittait le rouge et le jaune, devenait noire et blanche sur les tracées entre les cannes. L'odeur de vezou plaquait en rafales sur les cases, plus dense que jamais auparavant, même si la chasse à Gani avait ralenti le travail. Le père en mission brodait sur la malédiction de Cham et l'errance de ses descendants. Les bois étaient le lieu maudit où s'accomplissait l'éternelle punition. Pour les habitants c'était le refuge miséricordieux, depuis longtemps préparé pour l'enfant.

Et quand tomba ce jour de l'aboutissement, chacun se trouvait prêt à l'accepter. Tani conçut que l'événement faisait partie des accidents prévisibles de ce monde. Il était entendu, à la fin de toutes les suppositions tournées et détournées dans toutes les paroles, que l'enfant voulait — avait voulu, comme négligemment — marronner pour le seul plaisir, sans aucune des précautions haletantes qu'un marron prenait en ce cas, tout simplement pour ne pas mériter le chiffre suivant dans la liste des Manchotés ; qu'il ne s'était pas caché mais seulement déplacé dans la ronde qu'il avait choisie, ne s'attardant pas même à rire des contremaîtres stupides ni des intendants vicieux acharnés à sa perte. Il était entendu qu'aucun de ceux qui vivaient alors la chose n'irait supposer, ni les habitants dénaturés par le malheur ni les colons défigurés par l'ignorance et la malfaisance, que cet enfant nourrissait d'autres idées que celles dont il était vaguement redevable à la douceur ou à la débilité de son esprit ; et ni leurs descendants, oublieux de tout. Restait donc seulement le fait brutal surgi de la suite lente des nuits étoilées de bambou, et qu'il fallait accepter sans lamentation. Chacun réfléchit à ces deux vérités : d'abord que l'enfant au grand jamais ne s'était préoccupé des colons, qu'il n'avait pas une seule fois tourné la tête dans la direction de la grande maison, qu'il n'avait pas une seule fois adressé la parole à ceux qui avaient eu l'inouï avantage d'y prendre leur service, que c'était comme si cette ombre n'avait pas plané sur lui ; ensuite, et à la fin, qu'il ne s'était jamais servi des outils qu'il avait fabriqués, outils zombies que Tani avait sans doute ramassés — c'est-à-dire, hormis le coutelas depuis longtemps invisible — et qu'elle avait sans doute transmis aux enfançons pour les protéger de la peine qui tombe sur vous d'un seul comme une roche.

Aussi, que toutes ces paroles, rapportées mot pour mot par Tani et dont Eudoxie avait fait le compte, s'étaient irréparablement fixées dans les mémoires, sans qu'aucun puisse les chasser ni les effacer ; mais sans que la signification en fût même approchée. Tout comme il est certain que nul à part Tani ne découvrit les caches, qui n'avaient donc servi de rien si ce n'est de marque sur la figure du monde. A part

Tani, et peut-être Eudoxie, et certainement, du moins pour la première de ces caches, un cochon sauvage dévalé dans une fondrière.

Inutile de dérouler les mots, d'empiler détail sur détail. Je me trouve à imiter qui je voulais corriger, à étendre mon linge pour cacher ce qui doit être vu, à dérouler ma parole pour différer de dire ce qui doit être dit. Comme si nous pratiquions d'un même mouvement la technique de ces chanters que les habitants poussaient à la ronde quand ils faisaient mine de traquer Gani.

Celui-ci se dressa au milieu des ébéniers. Ce fut si vif que la troupe paresseuse qui farfouillait dans les branchages se débanda comme un nid de guêpes affolées, pour s'arrêter au moins cent pas plus loin. Sauf Tani qui s'attendait à tout, Eudoxie qui plus tard prétendit que ses reins cassés l'empêchaient de courir et un géreur déjà trop saoul en ce début de matinée pour réagir comme tout le monde. Gani les regarda sans bouger, comme s'il pouvait les rassembler dans un seul coup d'œil et, pendant que le géreur affolé armait son fusil et visait, il dit : « Eudoxie est descendante d'Eudoxie. » Puis il tomba, avec un cri âpre et négligent d'enfant qui pleure.

Après, ce fut le calme : la banalité. On rapporta le corps chez les géniteurs, et tout le monde s'en fut aux champs. Commandeurs et travailleurs semblaient inoccupés dans l'échevèlement des tâches. Une mécanique d'activité déborda de partout, qui laissait les têtes évasives. Tani avait continué dans l'existence, sans marque visible d'élection pour quelque sort privilégié que ce fût. Sans doute la bleuité des fonds avait-elle enfin cédé au rouge têtu des terres défrichées. Une poussière portée par le vent caressait les feuilles sans se poser nulle part. On la sentait virer en plein devant le visage et obliquer vers la fumée violette des chaudières de la Fabrique. Les roches des rivières se veinaient d'entailles enfouies — ou révélées — dont la marbrure faisait briller l'eau. Les glissades des mulets sur la pente qui menait au bassin dessinaient dans la boue, comme autant de blessures inguérissables, des cavernes qui bientôt sécheraient et se rempliraient — vases parfaits et traîtres — d'une eau sans fond ni reflet, jaune en son centre, rougeâtre sur les bords.

Les mêmes flaques éclaboussaient leur épais tassement devant moi, pendant que je m'évertuais à recomposer — quelque part dans l'errance de cette année 1979 qui semblait augurer la fin de toute l'histoire — la figure d'Eudoxie, dont aucun repère ne m'autorisait à ébaucher les traits. Sa présence était pourtant plus tangible que l'odeur de charbon descendue par le Chemin des mulets. Elle menait main à main celui qui lui servait de mari et dont les yeux étaient pleins du seul cri de Gani. Il lui lisait le vent sur les nuages, haussant son regard mort vers l'espace du mahogani.

J'entendis alors, pour la première fois véritablement, le grand soliloque jadis tenu par papa Lon-

goué le quimboiseur quand il m'avait conté ce
rapport entre le plant et les ébéniers. Je retrouvai
son image qui avait virevolté autour des mots pendant qu'il débattait avec les objets de sa case, pipe
rasoir calebasse canari, ligués contre lui, et que
je partais·loin de sa parole, à évoquer le géreur
Beautemps enfermé dans le secret de son nom de
voisinage — sans doute l'un des premiers géreurs
nègres du pays —, et qu'empêtré de sa gourde ou de
son tabac il faisait semblant de croire que nous
savions ce qu'il nous apprenait à la longue. C'était
bien un an avant sa mort, qui donc dit en 1944, et
nous étions deux — cet auteur et moi — à l'écouter.
Nous étions trois, avec celui qu'on appela Raphaël
Targin. Jamais Longoué n'avait été si jeune,
moqueur, alerte, intense. Il nous avait débité sa
tirade au beau d'un jour de fumées et de flânerie. Je
me souviens de l'amitié qu'il entretenait sur nous et
qui a toujours plané dans l'air autour des acacias et
des tamarins. Pour les trois que nous étions l'amitié
ne se poserait jamais sur une branche, ne sécherait
jamais, malgré les arrêts forcés ou dénaturés pendant lesquels nous tâcherions de donner corps à
notre frêle savoir, en l'habillant de mots écrits. Je
revis donc papa Longoué, l'homme astucieux à
l'ironie fougueuse et rapide, non pas le vieillard
délibérant. Je l'entendis. Mais il m'avait fallu gratter
sous la couche de terre rapportée par celui que j'étais
désormais en mesure d'appeler mon confrère en
songes — nous avons de vrai même manière et

94

presque même style. Sa dévalée de mots m'avait jadis persuadé qu'il n'existait rien en dehors des Longoué ou des Béluse. J'en étais venu à oublier, à me convaincre ingénument d'oublier, que c'était là seulement une branche d'une végétation interminable, étonnée d'elle-même, dans l'entour incertain du Trou-à-Roches.

Aussi vite qu'avait été mis en terre Gani, et avec lui le secret cérémonieux de sa parole, aussi vite le pays avait rebondi dans cette résistance renforcée de fatalité où tout s'oublie, tout se recrée. A peine put-on rapporter que Tani arracha l'autre manche de la chemise, avant que l'enfant fût descendu en terre au pied du mahogani ; geste dont pas un ne surprit le secret, si ce n'est ce vieux houeur. Ainsi la déclamation de Longoué me tomba-t-elle dessus tout comme on trébuche sur une roche. Comment avais-je oublié un tel moment ? L'intention d'un auteur était-elle à ce point puissante qu'elle avait pu raturer de ma mémoire et si totalement une part de la voix du quimboiseur ? Parce que cet auteur s'était plu à choisir dans ce que nous avions ensemble entendu, il m'avait entraîné à divertir moi aussi un pan du conte de Longoué. Ce que celui-ci avait reconstitué en cette année 1944 et qui me revenait trente-cinq ans plus tard, avec cette force comique des rencontres nées du hasard, c'était l'épopée du géreur Beautemps dans les années 1936, mais c'était aussi la présence — la puissance — du mahogani.

Il flamboyait devant moi dans les aveuglements du plein après-midi.

Son feuillage brûlait comme une torche, la flamme d'une bougie géante. Les feuilles, noir profond ou vif-argent selon la face qu'elles exposaient au jour, crépitaient et tournaient, entraînant autour d'elles une furia d'air et de feu dont la fumée montait en trombe. J'avais observé un élan pareil dans un cyprès esseulé de la campagne du Piémont, où la brume de froid tapissait la terre. Il sortait du nuage comme un flambeau de tristesse renfermé sur sa consumation. De même, le mahogani établissait sur les cacos et les bananes sa solitude ovale et enflammée. Qu'avais-je obtenu à la fin, hormis ce constat de la mort simple et unie de l'enfant, si ce n'était cette mitraille de chaleur tressée en épi par l'arbre, dans son obstination à défier tout ensemble les détours du soleil et l'enfilade rigide du temps ?

# MALENDURE

# La descente

Les moustiques sont éternels dans cette partie du bois. Leurs nuages tournent comme des cerfs-volants si près du feuillage qu'on dirait des touffes de fleurs grises papillonnées par le vent. Ils zizanent sans arrêt autour des grands dahlias sauvages qu'ils entourent, sans plaisanterie, d'une moustiquaire égarée. Loin au-dessus, les arbres sont de toutes sortes mêlées, qui font de l'ombre dans l'ombre, en couches ascendantes jusqu'au rai provocant du jour. Les roches retiennent de grands arpents de terre rouge entre des racines violettes. L'enchevêtrement est tel dans la descente à pic, et le vertige si soudain, que l'homme aventuré là s'accroche affolé à toutes les épines ; il ne sent pas la douleur, il ne voit pas les traces qu'il laisse sur les écorces et les rochers. On dit que les bateaux contrebandiers déchargeaient aux environs leurs marchandises, nègres de Guinée, fromages cuits de Hollande, dentelle de France. L'homme est stupéfait de trouver la mer entre deux branchages. Il balance dans le vide, au-dessus de la

99

mince écume qui ne fait pas de bruit. Le vent ne porte aucune odeur, la mer semble ne pas rouler. On dit qu'aujourd'hui encore des trafics clandestins sont établis dans les parages, que la maison de bois qu'on peut de la crête apercevoir sur l'autre bord de la baie a servi aux signaux de nuit, et qu'elle est réputée hantée. Mais quand on est enfoui dans cette partie du bois, la mer a paru s'éloigner, elle est irréelle, le monde est une terre rouge éternelle sans mer. On dit que les Indiens venaient se jeter dans cette eau. Comment pouvaient-ils, tous ces branchages vous barrent. Il tombe des fougères géantes, comme si c'était la tête des mornes. Leurs feuilles sont argentées d'un dépôt grenu et fragile, qui n'est pas le sel ni l'embrun de mer. C'est un mariage secret entre les hauts et le vent, qui tourne ici prisonnier. L'homme balance dans le vide, il hésite entre la mer et le mont. Le poids tenace des ombres le pousse vers le bas. Ce fouillis qu'il fend laisse des marques dans ses cheveux, comme ces bouts d'algues qu'on voit entrecroisés sur les chadrons femelles par deux ou trois mètres de profondeur, devant Sainte-Anne. L'homme tombe sans prévoir dans la vague, il remue doucement en lui des idées de départ ; il serait bon de donner ici rendez-vous à un pêcheur, en marge de la délirante fièvre des troncs noirs et verts, qui étouffe. Toute la force du bois vous pousse au large. Il serait bon de sauter d'un coup sur l'horizon, avec ce balan derrière vous, qui vous fait décoller. De quitter la roche et l'épine, la boue la terre cuite, les herbages froidis par la lune. Un gommier peut aborder, ce serait le meilleur endroit. Pas un pêcheur ne se risquerait à l'attaquer en pleine mer. Debout dans l'eau, il imagine son débarquement de l'autre côté, soit Sainte-Lucie soit la Dominique. Ils croiront je suis passé en dissidence pour m'engager, faire la guerre. « Vous êtes une sacrée issalope », dit-il gravement à la mer en la caressant.

Puis il se détourne — s'agrippe à n'importe quoi, pour remonter la pente. Il sait qu'il reviendra poser le pied sur la roche jaune calcaire polie par la vague. Il sait peut-être qu'il ne partira jamais, que le pas dansé dans cette eau-là ne conduit nulle part. La base de terre glisse, les premières racines sont loin au-dessus de sa tête. « Dire qu'on prétend que c'est une descente », pense-t-il. Aucune trace, pas un sentier, même un manicou ne pourrait cheminer ici. Des nids de feuilles parasites l'aident pourtant à gravir, si gros qu'il peut peser sur eux de tout son corps. La remontée est au fur et à mesure plus facile, on choisit sa prise et on écarte ce qu'on décide. Le couvert dense impénétrable est devenu un terrain connu, où des ouvertures tissent vers la lumière d'en haut de frêles colonnes de transparence, à quoi on pourrait s'accrocher. Le feu monte. L'air change, l'odeur de mer apparaît soudain, comme si c'était un voile coloré. L'étouffement de chaleur grandit, comme dans un four à rayonnages. Le corps de l'homme suinte une fumée qui condense dans ses mains. La sueur goutte de ses oreilles, de son nez, il rentre la tête dans sa chemise déchirée. Il reste en équilibre sur un pied, balancé à une liane. « Il ne manquerait plus que l'ennemi », songe-t-il. La lumière de la crête forme un orage qui s'interrompt de temps en temps, pour une inquiétante raison. Des coquelicots rouges pendent par grappes mouchetées, à portée de main. Les vols des moustiques sont guidés, ou gardés, par de gros vonvons qui s'écartent parfois, vers la profondeur absurde des cavernes en abîme creusées entre les branches. Les vonvons disparaissent ainsi, repartent en éclairs noirs, mais les moustiques jusqu'au chemin n'abdiquent pas leur impalpable trille, qui irrite et perce l'œil.

## Longoué

Tonnerre d'Odibert, j'arriverai jamais à glouglou-
ter cette calebasse... Regardez cette calebasse. Ou
bien vide elle tombe ou bien remplie elle roule... A
mi-plein, elle va tête en bas... Vous avez beau rire, la
seule manière est la suspendue, là, vous mettez la
tête sous le trou juste à hauteur de bouche... Ouaille
papala !...

Comment donc, comment donc habillé en eau je
ne suis pas habillé en eau, c'est d'leau-coco que je
mets dedans, je suis habillé en dlo-coco, toutes
mangoustes d'alentour vont courir après Longoué
pour goûter un doux-sirop...

Vous avez beau rire avec la branche qui vous sert
de cervelas, trouvez une manière de servir cette
calebasse comme un bon engagé vous ne trouvez
pas, non seulement elle ne veut pas servir mais elle
ne veut pas même agréer un serviteur fidèle...

Comment fait un homme de connaissance pour
tout bonnement boire un coup de coco dans une
calebasse bien disposée... Comment fait un géreur

103

dont la concubine tient aventure avec un patron colon... Comment pousse un mahogani planté trop près de trois acajous...

Longoué pose question Longoué donne réponse, il tient discours avec lui-même, quand même vous criez qu'une calebasse cabossée n'est pas un Registre de Fabrique ni un Missel de la procession...

Mais de bien entendu vous connaissez que Cases l'Étang fait partie morte du Trou-à-Roches, tout comme votre sapience a donné nom à ce géreur embroussaillé... A donné nom, quel nom ? Une affaire de Beau un Beausoleil un Beauséjour un Beauregard un Beautemps... La beauté fleurit tarit, son goût revient dans la fleur. La fleur est branchée sur le bois. Le bois se nomme mahogani... Voilà pourquoi le nom de voisinage de ce géreur est le commencement du bois tout comme l'enfant était à la fin... Ce n'est pas l'habitant qui peut organiser une pareille plaisanterie, c'est la rigidité de la destinée qui joue avec les noms des hommes pour déclamer la logique de l'histoire...

Ho ho vous trois... Le direz-vous qu'un homme a mis tant de temps glissant pour comprendre la connaissance, il a pilé la patience sur l'entêtement, il lève à minuit pour parler aux forces, il marche à quatre heures du matin pour cueillir la feuille dans la puissance vierge de sa pharmacopée, il est maître des fonds, charroyeur des vérités, sans compter qu'il peut marcher dans la quatrième direction... Le

104

même qui soupire gémit après la dame de ses pensées. Remarquez, ce n'est pas Longoué, n'allez pas supputer. Dites que c'est un confrère en confrérie...

Or chez le coiffeur Félix on a tous rencontré le géreur. Vous connaissez Félix avec ces ciseaux qui font la manivelle folle à un millimètre une demie de votre cervelle... Alentour dans la boutique tout est arrangé — c'est-à-dire le banjo les deux mandolines maltraités sans répit par ces trois garçons, plus à l'unisson de tintamarre que Dlan-Médellus-Silacier — pour exhorter votre cervelle à bondir au-dehors de votre tête à la rencontre de ces ciseaux, bien au risque de votre vie... C'est comme ça que les nouvelles démarrent chez Félix, en combat contre la mitraille des ciseaux la canonnade de ce banjo soutenu de toutes les petites fusillades gracieuses de ces deux mandolines... Les nouvelles qui résistent sont bonnes nouvelles, de vérité pure, quand même elles annoncent la misère la malédiction, à quoi nous sommes bien habitués. Les nouvelles de mensonge sont taillées mitraillées dans le fracas de la boutique, leurs corps décrépits balayés au soir par l'assistant de Félix avec la toison des hommes les délicats poils des petits enfants...

La plus dévergondée des nouvelles a descendu un jour du morne pour dévaster la boutique du coiffeur... C'était une après-midi où tout le corps tombe dans chaque mot qu'on dit, votre parole a une petite odeur tiède de sieste... La nouvelle a couru dans le chantier à cheveux... Félix essayait à grands coups de ciseaux de la balafrer pour le moins, le banjo pétait une mazurka, les mandolines tendaient en douceur la corde à piège d'une polka, la nouvelle résistait, courait, regardait son corps embellir dans la glace ébréchée de Félix... C'était mauvaise nouvelle, de menterie, je suis témoin... Comment faisait-elle pour échapper au massacre, grossir entre les chaises bancales, glisser entre les munitions tirées en rafale par ce banjo à travers la pièce ?... La nouvelle était donc que la concubine de Maho avait affaire avec un patron colon... Bien entendu cette nouvelle avait choisi un moment où le géreur n'était pas là pour opérer son théâtre... A la fin elle pose sur ce guéridon que vous connaissez bien, où il doit en éternité y avoir des coquelicots quand même il n'y a jamais rien, elle me regarde dans les yeux...

Je suis assis là raide comme Harpagon, je regarde la nouvelle dans les yeux... Je réfléchis à mon collègue qui a la dame pour pensée, la même dame de qui la nouvelle a traité, je suis paralysé. Bien entendu je peux faire partir la nouvelle d'un seul bout de doigt, mais je préfère combattre contre elle zieu dans zieu, en l'honneur de l'amitié... Comme vous savez mon pouvoir fait mon silence pourtant je vais à ce moment pour ouvrir la bouche donner mon sentiment, quand le géreur Maho entre dans la boutique. Illico la nouvelle replie son linge sur son corps, bondit dans l'éphémère, disparaît par la fenêtre...

Je suis tant soulagé que je viens à admirer ce Maho, qui entreprenait déjà son grossissement. C'était en l'an 35, fameux par ce que vous savez, je n'étais pas mal non plus.... Félix plein de tranquillité réorganise son massacre en stratégie, toutes choses reviennent à leur commencement, mauvaises nouvelles sont terrassées, bonnes nouvelles sont honorées, le banjo les deux acolytes sont tellement bourrés de boucan qu'on aurait dit trois éléphants, alors moi-même je décide, en défense de mon ami ou pour la vaillance de ces mandolines, d'aller parler à cette dame tant maltraitée que tant aimée, son nom était Adoline...

Savez-vous que l'homme fait le contremaître devant la chaudière de ses rêves ?... Par exemple il représente dans sa tête l'igname de toutes les ignames, juste avant la délice de dormir, il barre l'igname en diagonale dans sa cervelle, l'igname n'entre pas dans la chaudière... Vous pouvez décider ce qui n'intervient pas dans l'errement de la mi-mort ou de la mi-éternité, c'est suffisant de le grandir dans votre esprit à la débouchure de la nuit puis de l'abolir... L'absorbant est que pendant que vous vous défendez contre la primeur de nourriture, par exemple l'amour se glisse par la nasse, vous voilà dans le nuage demandant qu'est-ce que amour qu'est-ce que amour... Ou bien vous sautez les mornes comme engoulevent pour courir devant les chiens engagés, parce que avant de dormir vous avez déclaré : « Je ne veux pas amour dans ma minuit »... On ne prévoit jamais en total ce qui va vous visiter dans les ombres... L'homme est l'errant sans chiffre de son rêve...

Je dis à mon collègue qui fréquentait madame Adoline dans son dormir : « Je vais pour la trouver lui demander », il me répond : « La vérité est dans l'œil ouvert de la femme, dans la bouche bien fermée de l'homme... » Pourtant je suis décidé, j'aurai courage dans l'occasion... Je transporte mon corps à travers la savane, je traverse au long de Cases l'Étang, je débouche devant la dame...

— Lui dis : « Madame Adoline, excusez la liberté, il est un mien collègue qui vous veut plus que du bien, il arrête à midi sur la route il appelle votre nom, il court dans la prétentaine du rêve il appelle votre surnom... »

Sacré tonnerre d'Odibert le malfaisant !... Aujourd'hui est jour de panne, je n'ai pas même fini d'ouvrager cette calebasse pour prendre mon bain de coco, c'est ce rasoir qui me manque de respect... Avez-vous vu comme un rasoir est né malin ?... Moins il est à fil plus il vous coupe... Où est passé mon cuir ah puissances... Vous soumettez votre servant à un outrage rare devant ses amis assemblés... Ce rasoir bat ses ailes comme les ciseaux de monsieur Félix... Regardez, mussieu rasoir, il n'est ici nouvelle de mensonge, épargnez votre travail, apaisez votre courroux, menterie n'ouvre pas la porte de Longoué...

— Elle répond alors : « Monsieur Longoué, allez bien dire à votre collègue, Adoline est femme méritante ! L'odeur d'impureté ne couvre pas son corps. Elle ne répond pas à celui qui l'appelle en déshonneur, sous la feuille. »
— Je dis : « Ah madame Adoline, mon cœur est blanc de la honte des mauvaises paroles. Est-ce que je vais rapporter à mon ami que vous préférez les maniéries des patrons colons, que la peau d'un pauvre nègre est trop à grage pour votre douceur ?... »
— Elle répond : « Monsieur Longoué, rapportez à votre ami que c'est malfaisance de supposer telle question. Monsieur Beautemps avec moi nous avons conjoint devant Dieu, même si nous ne sommes pas passés dans l'État civil ni par la sacristie. Le vent de la calomnie peut devenir cyclone, il ne fait pas bouger l'herbe fidèle. »

C'était vérité, tonnerre d'Odibert... Me restait plus qu'à défiler par la savane, avec une de ces envies d'entrer dans le dernier débris de Cases l'Étang, pour confronter le mystère...
Vous savez comme était cette femme-là... Miraculée des champs, sauvée de la lessive, purifiée du canari... Avait un air de vous convoquer au banquet,

vous retenait l'esprit au bord de la démonie... Plus cambrée que câpresse, plus à feu que négresse de trace, plus coulée que coulie qui passe...

C'était vérité, que pas un patron colon ne pouvait déraciner. Dit on qu'il envoyait le géreur à l'autre bout de Plantation pour venir tourner sous la véranda. Dit on qu'il a usé de force pour déconsidérer la dame. Dit on qu'elle a perdu réputation pour protéger le géreur...

Pas la peine de vous préciser comme ce colon marchait... Ses cheveux en flammèche sur les yeux, l'éperon décroché de la botte, la peau rougie sur son âme toute nue...

Toujours est-il que le premier géreur nègre a tourné son tourment à la catastrophe, qu'il est devenu le dernier marron nègre du siècle... En ce temps-là vous n'étiez que marmaille, sans doute vos géniteurs vous ont raconté...

Il étudiait sur la véranda les traces de boue jaunie laissées par les bottes, avec la ligne brisée marquée par les éperons comme une signature... La trace de boue est le poison de l'âme... La trace de l'éperon est le stigmate de l'esprit...

S'il massacrait son mulet à coups de cravache c'était bien sûr pour retrouver ces marques de boue dans la boue rouge des défrichés, jusqu'à cette intendance derrière la Fabrique où le petit colon avait installé sa maison...

Mais il avait usé ses yeux sur l'éclat des traces tout comme sur le gribouillis des éperons, alors il tira non pas à la vérité sur ce colon mais sur le fantôme de sa propre jalousie... Ce qui fait qu'il a raté le premier geste accompli qu'il avait tenté dans toute sa vie... Que le corps tout en sang du colon se releva du tapis de paille du salon, où il l'avait laissé, pour se traîner sur le balcon appeler au secours...

Il semble bien qu'il l'avait toujours su car il décampa directo de ce salon vers le Chemin des mulets où il a parcouru la trace des marrons, sans même vérifier si on le soupçonnait... Tout de même qu'il n'avait jamais vérifié si sa concubine avait oui ou non été colonisée...

Regardez la logique de la destinée ou la divination des habitants... Ce n'est pas de ce moment mais bien à l'instant même de sa naissance que son nom de voisinage lui était venu... Qu'il avait été Maho, comme une bonne corde-mahaut pour attacher ensemble les fils de la fatalité, le conduire au pied de ce mahogani...

Tout comme aussitôt après la fin de cette histoire chacun a oublié le nom de voisinage du géreur, la corde-maho avait cassé, le nom a tombé en décrépitude aussi bien que les cinq tas de poussière qui sont les bataillons de Cases l'Étang...

Alors il commença de grossir, en même temps qu'il apprenait à connaître madame Adoline sa mandoline... C'est elle qui convergeait la nourriture préparée par les femmes, il découvrait qu'elle était la vertu mariée à la providence... Jusqu'à ce jour où elle ne supporta plus le commérage de l'alentour ni les regards effrontés des hommes...

Holà quelqu'un a-t-il un fil de fer pour nettoyer cette pipe que voilà... Allez dire aux pratiques fidèles que Longoué n'est pas même capable d'amorcer sa pipe... Où sont mes feuilles où est mon couteau... Tabac est plus rare que graisse rouge ou saindoux, il faut le ménager... Je ne peux pas même souffler un nimbus de tabac pour enrouler mon histoire... Cette pipe est plus bouchée que la cervelle d'Odibert, le conte est déjà tout en nuage... Comment voulez-vous raconter ce qui commence dans la nuit, qui s'achève à saint glinglin matin ?... Comment pouvez-vous croire que vous allez chanter d'un seul balan si clairement ce qui déboule de partout... Pipe bouchée, bouche barrée... Donnez-moi un fil pour passer dans ce tuyau...

Mais regardez !... Madame Adoline m'a rencontré combien de fois auparaprès !... Comme si elle faisait exprès de traverser mon chemin, ou comme si elle déposait ce manger en des endroits où j'étais convoqué... La campagne en ces temps-là était calme pas-comme-aujourd'hui. Vous étiez debout dans le silence plus vert que du thé-pays, avec les bruits au loin des cabrouets, la feuille de canne qui glisse sous la roue, les chiens fer qui courent à trois pattes, vous attrapez un morceau de silence pour découper le temps, votre âme prend toutes les petites couleurs des petites herbes... Aujourd'hui il n'y a plus une seule puissance dans l'air que vous respirez...

— Elle me dit : « Monsieur Longoué, je connais votre pouvoir vous savez égarer les balles vous détournez la souffrance vous consolez les miséreux, aidez-le je vous aurai reconnaissance... »
— Je dis : « Madame Adoline, il en est tant ici qui ne commencent pas de séparer un acajou d'un ébène, encore moins d'un mahogani. Mon pouvoir est sans espérance devant la force du bois... »
— Elle dit : « Je vais venir dans votre case, nous allons partir dans la nuit pour marquer le bon chemin... »

Elle l'a dit prononcé débité répété... Moi je reste dans la dite nuit, bien loin de trouver le chemin... C'était donc vrai, qu'elle avait pris l'habitude de ce sacrifice-là...

Il l'avait toujours su peut-être, puisqu'il a mis son corps à tourner dans le périmètre du Trou-à-Roches, entre les acajous le mahogani, Cases l'Étang la ravine le Chemin des mulets, avec seulement quelques vagabondages dans la descente de Malendure... Comme si la navigation du monde se concentrait là dans un terrain pas plus grand qu'un deux-sous de cuivre... Il interrogeait le corps de son Adoline, pour supputer les traces de boue qui auraient résisté au lavage ou à l'apprêtage...

• Allons, vaut mieux savourer tout à l'heure un bon coup au lieu de penser à tous ces mangers que les femmes préparaient pour lui avant que madame Adoline les apporte, vous êtes mes invités... Pas seulement pour un toloman mais ni peut-être pas un calalou ni un patenpo, il ne faut pas exagérer, mais ce coq-là que vous voyez sous la lisière des cacos, qui assiste à notre conférence comme s'il était nommé gouverneur... Un coq de combat pour honorer votre présence, il se prépare à mener la bataille du dernier jour... L'est maigre comme un péché capital qui rétrécit à l'appel de l'Enfer, pourtant s'il disparaît ce sera dans le canari que voici...

L'autre avait grossi pendant ces sept ans, de 36 à 43, mais avec sa plus que centaine de kilos on pouvait voir qu'il était maigre dans sa chair tout autant qu'à l'intérieur de la tête... Comme si ce manger qu'apportait madame Adoline lui faisait mal quelque part où ce n'était pas l'estomac...

Comme vous savez déjà, faisant mine de ne rien savoir, je n'ai plus rencontré madame Adoline après l'offrande de sa nuit... Si ce n'est que je parlais d'elle avec mon collègue en divination... Lui disais : « N'est que de faire un bouillon, lui donner à boire, elle est avec vous pour toujours... » Me répondait :

« L'amour forcé a disparu quand le bouillon est digéré... » Jusqu'au jour où elle n'a plus supporté l'inspection sur son corps ni les regards des hommes sur son âme...

Ainsi ont passé ces sept années, tout comme vous connaissez qu'avaient défilé les sept mois de l'enfant... Quel enfant ?... Ne badinez pas Longoué, votre science n'a pas de fin... Comme si vous ne réfléchissez pas que cet enfant était le seul à n'avoir jamais regardé un Longoué... Ce qui n'empêche qu'il a planté le coutelas invisible sous les acajous, là où Béluse prénommé Anne l'a déterré d'un coup pour massacrer Liberté...

Vous descendez à Foyal, vous allez à l'Office de l'Information, vous tombez sur cette radio que le planton a inaugurée près de son bureau... Nouvelles d'Afrique, d'Empire, français ou britannique... Ou bien vous partez en dissidence à la Dominique ou à Sainte-Lucie, pour faire la guerre de l'univers... Ce planton est si pétulant de son meuble qu'il le contacte l'arrête le contacte à tous moments pour bien démontrer son pouvoir, c'est-à-dire comment il allume il éteint le tout-monde...

Pourtant ni lui ni vous ne devinez ce qui débouche de ce meuble qui est bien un monument, qui tout aussitôt se dilate dans le grand jour, envahit la cervelle des nuages, racornit en mystère sur le guéridon de Félix... Des nouvelles dont pas un ne peut signaler si elles sont bonnes ou mauvaises... Il faut les prendre tout comme elles sont quand elles débordent de ce petit grillage avec ces barres dorées, allez savoir si elles vous regardent dans les yeux...

Aucun de vous ne devine combien de temps pour déraciner un mahogani, passer à autre culture si ce n'est à déculture généralisée... Combien de guerres de l'univers combien de massacres sans débrider... Aucun pour dénombrer combien de terrains pas plus grands qu'un réal d'argent pour faire tourner en malheur un enfant prédestiné qui conduit la route pour un gros géreur bouffi en jalousie...

Alors comment pouvez-vous savoir si le temps est venu pour ceci ou pour cela ?... S'il y a temps pour souvenir, tête à tête avec temps d'oubli ?... Si le temps de l'enfant ne dévire pas sur vous, regardez bien, comme une abattage de cyclone ?... Si ce temps-là en ce moment ne ravage pas des pieds-bois inconnus dans des pays au loin dont vous n'avez pas même entendu le nom ?...

Si c'est le temps pour madame Adoline, qu'on a retrouvée raide sur sa cabane, on dirait morte de saisissement devant la chaudière fermée où avaient débattu ses rêves... Igname ni amour n'étaient entrés dans la chaudière... Moi je reste dans cette nuit-là, plus effaré que chérubin...

Alors comment vous pouvez savoir le temps qu'il faudra, un temps comme éclair dans une nasse de titiris ou comme engoulevent qui tourne autour d'un à-tous-maux, c'est-à-dire un zeste un siècle, avant qu'un pourra dire je suis sorti de ce temps-là, je dirige dans demain...

Holà vous autres trois, professeurs de sapience... N'essayez pas de manger une cosse de mahogani, il n'y a rien à manger, vos dents cassent en vilebrequin, mais fatiguez vos yeux pour déchiffrer ce qui est écrit dessus... Le fruit n'est pas stérile, il a porté la parole il a descendu la ravine, il a monté la Pyramide de Pérou... Qu'est-ce que ça veut dire ?... Allez chercher vous-mêmes, la vérité ne parade pas comme ça sur un guéridon pour vous regarder dans les yeux, pendant que le fracas vous déracine les oreilles...

Sacré tonnerre d'Odibert, allons voir si ce canari n'est pas passé en ménage avec cette calebasse, s'il tient debout sur ses trois roches sans renverser tête en bas... Nous allons au moins pour une journée manger un bon coup de viande... C'est-à-dire si ce coq-là que vous voyez sous les cacos accepte de mollir sa carapace, il est plus coriace que trois piments séchés... De bien entendu si vous pouvez l'attraper, sûr il est pas d'accord, attendez-vous à combien de carnavals tout alentour de son entêtement...

— Entêtement n'est pas enterrement ! — chante alors le troisième d'entre nous, qui est bien le plus prévoyant.

## Artémise, selon Adélaïde

Cette femme-là n'avait pas de sentiment. Moi je suis femme réservée, même si ma tête n'est pas la vierge des vertus. Je peux regarder dans les yeux. Cette femme-là est une outrage pour les yeux. Se nommait Artémise, son art n'avait pas de mise. Ni mise ni misure.

Je connaissais la mère, déjà elle lâchait Artémise dans la rue du bourg. En ce temps-là il n'y avait pas de trottoir, les mulets chevaux laissaient la trace au milieu, vous devez marcher des deux côtés de la rue. Cette enfant-là dévalait dans les traces, avec ses pieds qui portaient la marque, vous pouvez la suivre. Tout de suite elle a couru derrière le géreur. Comme si elle était attachée à la queue de ce mulet.

Je dis le géreur, il n'était qu'un économe. Il avait appris l'alphabet, il avait retenu, il savait aligner les chiffres dans les registres. Le mulet était gris comme un chien sans poil. Toutes les femmes couraient derrière, Artémise courait pour de vrai. Une fille dévergondée. Moi je n'ai jamais distingué a de b.

Je faisais la lessive pour les mulâtres. Tout le linge dans la rivière Longwié, depuis la dentelle jusqu'aux draps empesés. J'avais un but marqué. Je rapprochais mon corps du linge de l'économe. Le jour où il a été géreur, il m'a prise pour la lessive le manger. Pas un n'a vu que c'était mon intention. Le courant de la rivière m'a déposé devant sa porte.

Une dévergondée sans mesure. Avec une seule rhade sur son corps, qui servait de robe. La peau de ses jambes écalée par la boue. Se lavait dans la rivière, pour faire voir son corps aux hommes qui passent. Mais ne frottait pas beaucoup.

Il ne parlait pas dix mots dans un jour. Parce qu'il était déjà envoûté par l'autre femme-là. Qui prenait des airs de ne touchez pas. Mais je savais qu'elle voulait. Mon prix était de l'écouter quand il ne parlait pas. Tout un dimanche sur le fer à linge, la main la tête chauffées par les charbons, à écouter comment il ne parlait pas.

Assis dans la berceuse il attend madame Adoline. Il ne regarde pas du côté de la source, il ne suit pas l'eau qui coule dans les gouttières de bambou jusqu'au bac, il ne regarde pas vers la boutique de Plantation, les coupeurs sont rassemblés au retour de la messe, ils dépensent leurs sous de la semaine dans le tafia, il ne regarde pas la route qu'on a semée depuis la Plantation jusqu'à la communale, ça vous fait mal dans les yeux la terre blanche comme un soleil, il regarde la cloison entre la véranda la chambre, comme s'il était assis dans son lit pour étudier le silence alentour.

Je fais la réflexion Adélaïde je ne suis pas contente de son nom de voisinage. Un nom qui porte malédiction. Pourquoi Maho, Maho de quoi ? Quelle est la personne qui est montée dans les mornes, là où pas même un nègre marron ne pouvait aller, pour trouver un nom comme ça sous la roche ?

Dans les mornes il y avait un géant. Un géant qui n'était pas apprivoisé. Qui m'a raconté ça ? Personne, pas un ne raconte ça. On dit il était plus que majuscule. Il fallait déposer deux mille cocos, vingt cabrouets de fruits à pain chaque semaine commençante. Peut-être le nom vient de là ? Du géant sauvage. Madame Adoline est une bienséante.

Tous les matins elle va servir dans le dispensaire de l'hôpital, avec les Sœurs de la Congrégation. Les Sœurs blanches rosées sous la cornette noire. La cornette blanchie c'est pour la messe les cérémonies. Elle enlève les bandes sur les pieds des enfants, elle badigeonne. Elle distribue l'alcool camphré. Elle appuie sur les ventres gonflés, comme un vrai docteur. Elle passe le coton dans les yeux pour décrasser la maladie. Elle prend les vieux corps par la main, les tout-petits dans ses bras. La misère n'a pas d'âge. Madame Adoline est la grand-maman.

Qu'est-ce qu'il voit sur la planche de la cloison ? Peut-être il va se lever pour mettre sa bouche sur la cloison. Tout un dimanche le dos tourné au grand jour. Les gens qui passent voient son dos comme une muraille. Maintenant il a deux femmes pour courir après, une sur la cloison, affichée comme une enveloppe de la poste, une qui court dans tous les chemins à peine ses tétés sont sortis. Une troisième immobile abandonnée qui passe son linge à l'empesage.

Elle reste là derrière l'enclos mélangée dans les mulets. Tout son corps ouvert. La sueur de l'impureté qui coule entre ses jambes. Je dis Artémise vous êtes une petite fleur encore. Mais elle est flétrie. Avant de faire ça, est déjà flétrie. Je vois ses yeux entre les madriers. Elle gémit comme une mangouste. Il ne sait pas même qu'elle est là. Il n'a jamais tourné la tête pour regarder la queue de ce mulet. Mangoustes ne gémissent pas.

Mais moi je suis installée. Je le regarde écrire les chiffres dans le registre, je suis installée. Il n'a pas besoin de dire un mot, je sais quand il faut préparer le rhum, quand il faut servir le court-bouillon, quand il faut donner le tabac. Il trouve sa chemise son col arrangés sur la cabane, boutons de col boutons de manchettes à côté, les bottes pétantes, la cravache les éperons sur la véranda, tout dans l'ordre.

Ce temps-là c'était paradis. Mais paradis n'est éternel. Il avait attendu d'être nommé géreur, avoir son revolver, sa selle bien à lui, le trousseau complet que j'avais repassé, la vaisselle de faïence bleue rouge, les lampes à verre fin, alors il a fait sa demande. Elle n'attendait que ça. Tout soudain grand tralala d'emménagement. Sans mariage ni sacrement. Adélaïde je n'ai plus besoin de vous. Je suis sûr vous allez trouver une autre occupation. La maîtresse de maison peut tout arranger ici. Adélaïde je vous remercie tant, vous avez bien arrangé. Je suis retournée à la rivière.

Le géant sauvage tout en haut du morne. Je vais trouver le géant pour ménager son linge. S'il met des feuilles sur son corps, je vais nettoyer la feuille. S'il est tout nu comme un loup-garou, je vais frotter son corps. La rivière est trop froide trop chaude.

Est-ce que vous croyez qu'elle a quitté cet enclos derrière la maison ? Elle est restée, à écouter le jour la nuit si madame Adoline criait son plaisir. Madame Adoline ne criait jamais. Elle est restée avec les mulets, les yeux écarquillés pendant que ses tétés poussaient. La robe rétrécie sur son corps, avec des morceaux rajoutés au fur à mesure.

Alors les hommes ont commencé à la bousculer dans les traces de cannes, elle ne faisait pas attention. Qui voulait se servait. Ne connaissait pas même leurs noms, n'a jamais eu de rejeton. Stérile par la grâce de Dieu. Stérile bouarengue comme un papaye mâle.

On dit un jour un homme en ménage la taillait dans une lisière, le géreur passe. L'homme n'entend pas le tacatac du mulet, il est trop activé. Elle est là sous cette bête-là, sa tête bien dégagée immobile qui dépasse le corps du fornicateur, elle regarde le

géreur. C'est à nouveau l'éternité. Pour elle l'éternité
de la pétrification. Sa tête tourne comme une mécanique pour suivre le géreur qui passe. Il passe sur le
mulet, les yeux du géreur les yeux d'Artémise se
suivent par-dessus le han-han du fornicateur, le
géreur disparaît sans dire un mot, comme s'il n'avait
pas vu. Alors elle rit tellement que le coqueur est
démonté. Elle s'arrête aussi sec. On dit depuis ce
jour elle a perdu la voix. Sûr certain, elle pousse
comme un cochon des bois, houin-houin, elle ne dit
pas autre mot.

Personne ne me regarde, même sans un parler ni
un tressaillir. La trace d'Adélaïde n'est pas tracée. A
présent je vais à l'hospice pour aider les Sœurs. La
rivière c'est trop de moustiques. Adélaïde apportez-
moi l'éther. Adélaïde préparez les bandages. Où
avez-vous la tête mon enfant ? Pourquoi donc Adoline nous a-t-elle quittées ?

Il n'avait pas détourné la berceuse pour regarder
dehors. Il inspectait toujours cette cloison, son dos
on dirait de plus en plus gros, comme une fortifica-
tion. Il faut avouer madame Adoline savait soigner.
Les poissons tête plate aux câpres, la viande salée en
sauce blanche, la morue rôtie à l'ognon pays. Mais je
suis sûre elle ne peut pas dresser son linge comme
moi. Il cherchait quelque chose dans le dessin du
bois, on peut dire qu'il a trouvé. Il a une femme pour
le servir, une autre pour la regarder coquer quand il
passe sur son mulet.

Quand mon état change, tout change. Mon corps boite, ma voix monte comme un oiseau pipiri. Je chante à l'aigu, tant que c'est l'aiguillette. Je gratte ma gorge pour trouver la voix. Les gens disent Adélaïde est encore montée dans son pipiri. J'essaie de dire monsieur Maho, je dis messemo. Je cours dans la rue comme une décollée. Adélaïde vous êtes possédée du diable. Mais non ma Sœur c'est un Archange qui lui parle.

Jusqu'au jour où cette chose-là est arrivée. D'abord on a cru un accident. Mais le colon est relevé de sa mort, il a dit c'est Beautemps, il est retombé. On a cherché le géreur. Il était parti. C'est bien lui qui a tiré. Les oiseaux sucriers ne sifflent pas dans les bois. A cette heure ils ne sifflent plus.

Alors on a vu Artémise. Elle courait dans les rues en rond sans arrêter. La sueur tombait derrière comme les cercles de l'enfer. Sans un mot sans un cri. Voyez comment dans la rue Artémise a remplacé Adélaïde qui avait remplacé madame Adoline à l'hospice quand madame Adoline l'a remplacée chez le géreur. On essaie de la barrer. Impossible de bloquer le cheval-bois. Avait quatorze ans, a couru dans le bourg un jour une nuit. Flap flap flap, je ne vais pas continuer à écouter ça dans ma tête pour l'éternité. Artémise arrêtez. Je connais pourquoi vous vous dératez comme ça. Je vous ai vue derrière l'enclos. Pas un fornicateur ne vous a remplie. Pas un ne sait le comment de la course. Artémise arrêtez, vous êtes déjà dans le dérèglement.

Tout le monde dit madame Adoline a connu ce patron colon blanc. Les Sœurs de la Congrégation font des petits sourires. « Il faut pardonner ma chère. Les pouvoirs du démon sont inépuisables, la miséricorde de Dieu aussi. Comment voulez-vous, avec cette chaleur de luxure, pas d'autre à faire qu'à essuyer son corps. Nous n'avons pas eu le temps de la policer, ni le pays avec, il y faudra cent ans au moins, au moins nous dirons des neuvaines pour son âme. La pauvre fille est bien punie. » Mais je sais ce n'est pas vrai. Elle a dominé le colon. Ce qui est réel c'est que le géreur a lu l'écriture sur la cloison. Quand vous savez lire, vous restez fixe dans une berceuse à imaginer.

Il a imaginé la chose, il a lu la chose dans le dessin du bois. La chose est entrée en lui, elle a grossi dans sa tête son ventre, il ne voyait pas Adélaïde, il ne voyait pas Artémise, il était depuis tout petit marqué pour voir madame Adoline couchée sur la véranda, avec ce colon tout rougi qui n'avait pas enlevé les bottes ni l'éperon. C'est ça la chose qu'il regardait depuis si longtemps. Quand il levait la tête les travailleurs tremblaient. On croit ils tremblaient devant lui mais non ils tremblaient devant la chose. Il cravachait les feuilles de canne pour ne pas cravacher les dos. Quand il taillait les feuilles de canne les amarreuses tremblaient. Alors la chose est arrivée, non pas ce qu'il avait vu depuis ce temps où il avait appris à écrire, qu'il attendait, mais ce qu'il a fait parce qu'il croyait que c'était arrivé. La chose réelle qui est la même que la chose imaginée, en conséquence.

Il a pris madame Adoline, elle ne disait pas un mot, il l'a balancée dans tous les coins de cette véranda. Il ne poussait pas une parole. Planches cassées, débris de berceuse, poteau qui tombe.

Tout le sang sur son corps, madame Adoline, les yeux grands ouverts comme la Vierge des Supplications dans la chapelle les bras en long. Artémise qui était à gesticuler dans l'enclos. Poussait son houin-houin en tenant ses cuisses. Comme un accompagnement de gros tambour pour ce carnaval-là. Artémise qui peut-être n'avait pas démarré de l'enclos depuis des jours des mois. Mais voilà elle n'était pas seule, pour cette fois j'étais derrière. Je criais arrêtez arrêtez mais ma bouche était pleine de cette poussière-là.

Il l'a jetée comme un essuie-mains, il est parti, on aurait dit le mulet était aussi fou que lui. Artémise court derrière, le géreur ne la voit pas. C'est la stupéfaction, elle court aussi vite que ce mulet. La cavalcade sur la trace, la pétarade dans les orties la canne les mangé-lapin. Jusqu'à la maison de ce colon, dans l'intendance. Moi, je vais pour soigner madame Adoline, ma voix monte en pipiri. Je dis madline madline, je ne sais pas prononcer autre mot. Elle regarde à travers mon corps, aucun côté de mon corps ne peut arrêter ses yeux. Elle dit pitié pour lui, pitié pour lui. Je suis assise à terre à balancer. Elle est couchée inanimée.

Temps passé, temps pleuré. Les gens demandent Adélaïde vous étiez là comment c'est arrivé toute cette tragédie ? Je ne peux pas répondre, même si mon corps était là. Je suis femme réservée qui souvent tombe en oubli. Ce que je garde c'est les morceaux de la berceuse appuyés contre ma case sans véranda. Quand j'entre quand je sors à peine un regard ils sont tous là. C'est pour marquer mon logis. Je suis tombée en catalepsie, jusqu'à la nuit où j'ai porté mon premier manger dans les bois. Qu'est-ce que je vois devant moi ? Artémise avec deux couis un linge bien blanc dans la nuit, pleins de manger aussi. Elle est toujours devant moi à ce qu'il paraît. Je dis Artémise où allez-vous dans les bois vous semblez un loup-garou. Elle me regarde sans parler, elle avance à travers les herbes les branchages. Je marche derrière comme pour protéger la procession. Artémise arrive au pied du gros mahogani, elle dépose le coui le linge plié sur deux cassaves. Je dépose mon manger à côté, sans regarder.

Nous avons mis le manger, nous savons bien qu'il viendra prendre. Pas un gendarme à cheval ne va monter ici pendant la nuit. C'est trop près de Cases l'Étang. Je me réveille de catalepsie. Je regarde alentour. Artémise est partie, cette femme-là ne tient pas en quelque côté que ce soit. Je regarde le mahogani. Je vois qu'il me regarde avec ses yeux de cent ans et quelque. C'est un tabernacle sans lumignon, avec le manger disposé à la Sainte Table. Je sais que je vais retourner à la rivière, il faut que je gagne l'argent si je veux acheter les vivres. Je sais comment Artémise va faire. Madame Adoline, c'est certain toutes les femmes à la ronde vont lui donner tout autant qu'elle veut pour déposer dans les bois. Je pose à mon corps la question : Où est passé ce mulet gris ? Peut-être à l'embonpoint chez le géant sauvage.

Elle a fait carrément ce que je pensais. Elle n'avait pas d'autre moyen. Les hommes avaient beau dire je ne peux pas dans la journée je suis en ménage ou je travaille à la tonnellerie ou mon patron ne me laisse pas sortir, elle était intraitable. Pas besoin de parler, c'était les deux doigts devant à l'horizontale pour demander les deux sous d'avance. C'était dans la journée, à la lisière. Le soir elle était occupée dans les bois. Les jeunes garçons qui voulaient ça gratis elle les faisait courir. Un jour elle a mordu la graine de l'un, il est resté une semaine à l'hôpital, les Sœurs papotaient en le pansant. Elle amassait trois francs par journée parfois cinq. C'est dire qu'elle gagnait autant que moi dans la rivière. Cent vingt-cinq francs par mois, je suppose elle ne besogne pas le dimanche il faut espérer.

Chaque fois je passe un pantalon à l'envers pour frotter je songe, Artémise. Chaque pièce de linge pour moi c'est un nègre pour elle. Il faut croire son corps est en fer forgé. On a fait une chanson, *Seulement de jour, doudou*. Sa famille demande un peu de cette bénédiction-là, Artémise est plus rapia

qu'un Syrien en contrebande. Elle achète le manger dans des bourgs différents, comme si c'était
du sel à récolter pour mettre au fond des fosses
d'ignames. Elle protège son négoce, je la respecte, je
ne peux pas faire autrement. Les soirs elle dépose
le manger, une heure pour monter une heure pour
descendre.

Qui me regarde, c'est m'en fouté, Adélaïde aussi a
son sacerdoce. Je descends à Foyal prendre mes
provisions, pas un ne sait que je fournis au géreur, en
même temps qu'Artémise madame Adoline. Le jour
de Foyal c'est sacrifice pour la rivière, toute la
matinée dans le bac, il n'y a plus un seul camion qui
roule, toute l'après-midi dans le bac pour remonter,
à peine un éclair pour acheter au grand marché
couvert dans la rue Saint-Louis ou je ne sais quoi.
Une heure pour monter dans les bois, une heure pour
descendre. Grande circulation dans les bois avec
Artémise madame Adoline. Nos dépôts croisent dans
les racines, je suppose maintenant le géreur a appris
à reconnaître la main. Peut-être le manger de
madame Adoline est plus délicat, peut-être il crache
quand il goûte mon ragoût, peut-être il ne regarde
pas même dans les couis d'Artémise, il les renverse dans les rhaziés pour faire croire qu'il a
consommé.

Imaginez s'il nous rencontre moi Artémise il ne
nous verra pas même. Dans cette nuit-là il ne peut
pas lever la tête quand il inspecte madame Adoline.
La vision de l'écriture ne l'a pas quitté, la chose

129

arrivée n'a pas cassé la chose imaginée. Il lit le même dans le bois de nuit qu'il avait lu sur la cloison. Madame Adoline c'est la seule qui comprend. La seule avec moi. N'a pas de berceuse pour se concentrer ni pour fracasser sur sa concubine, n'a pas d'amarreuse pour terroriser. Se contente de grossir pendant sept ans, même si la guerre de l'univers est déclarée, même si morue, viande salée, sel blanc, beurre rouge, saindoux ont disparu, il ne sait pas même. Peut-être il connaît un ou deux cochons sauvages, trois cabrites en liberté, il les garde pour la réserve. Mais madame Adoline a décédé enfin, sa vie n'était que semences.

A ce moment non plus nous n'avons pas cherché moi Artémise à le rencontrer. Pas besoin de le voir, on dirait nous sentons son corps dans les bois. A force de trimer sous la feuille Artémise a perdu sa peau, elle est entrée dans les os. Comme si c'était pour faire la balance avec le gros géreur. Mais elle n'a pas perdu la foi, elle est prédestinée. Ce que je regrette depuis ces années, c'est que je n'ai pas l'occasion pour empeser son vêtement. S'il se peut il a un seul linge comme Artémise, avec des rapiéçages partout. Je l'aurais déshabillé je l'aurais nettoyé dans la rivière j'aurais repassé le complet blanc avec la jaquette j'aurais tout disposé à côté du mahogani pour qu'il confectionne son corps, j'aurais cherché le mulet avec les bottes la cravache les éperons. Où a passé ce mulet fou, je ne le vois pas ?

Alors un jour j'ai reconnu le géant sauvage. Jeté en travers des dallots sur la place de la mairie. Temps de la mort, temps de la résurrection. Tous avaient mis leurs costumes pour venir saluer le corps. Le géreur. Sa mâchoire arrachée là où il avait appuyé le fusil, le reste bien intact. Il avait un fusil, en plus du revolver. Blessé en bas de la Pyramide de Pérou, il n'avait pas voulu lever les bras. Les gendarmes tremblaient encore, de l'eau dans leurs yeux, ils ne pouvaient pas croire. Ils avaient tiré pour ainsi dire par réflexe, sans conviction. Après sept ans qu'ils déchiquetaient les oiseaux les fleurs. Qu'ils faisaient leur guerre ici comme une répétition de la guerre du monde. Embusqués dans les trois acajous ils avaient tiré. A présent il était là, le géant désapprivoisé. Plus gros que la montagne Pelée à la veille de l'éruption. On aurait dit il faisait la fumée pour les sept années. Son linge c'était la terre. Jaune rouge noire sur sa figure préservée, son ventre débordé, sur ses orteils à l'envers. Tous défilaient en silence. Moi Artémise nous étions à l'écart. L'abbé n'a rien donné, pas même la bénédiction à la porte du cimetière. On l'a jeté dans une caisse au fond d'un trou, après l'autopsie. Artémise a poussé son cri, elle a commencé à parler au géreur, sans arrêter. La terre était chavirée dans son cri.

Je quitte la rivière, il n'y a plus besoin. Je retourne à l'hospice, les Sœurs me disent Adélaïde vraiment vous avez une voix bien placée venez chanter le Seigneur dans la chorale du dimanche. Quand je chante mon corps monte, je regarde en bas les acolytes les diacres le chanoine, ils marchent comme des fourmis. Ma voix les bouge comme un vent.

Je chante pour Artémise. Le lendemain du jour elle a disparu, quel soulagement pour les femmes alentour. Du haut du Chœur je la vois courir entre les mots latins la fumée d'encens. On dit elle est descendue sur le Port, n'a pas même augmenté son tarif. Tous les marins du tout-monde connaissent l'adresse. On dit elle est noyée à l'entrée de la rade, je ne crois pas, un corps comme ça flotte en éternité. La mer remonte les squelettes.

Ils ont ouvert un cinéma, séances mercredi trois heures six heures, samedi six heures neuf heures, dimanche onze heures six heures neuf heures. Quand j'ai une pièce je vais à la séance de neuf heures, deux francs cinquante. J'achète un cornet de pistaches, deux sous. J'ai ri en pile quand j'ai vu *le Vampire*. La marmaille tremblait, la même qui avait cherché le géreur dans les bois. Ils me disent Adélaïde on vous a vue, vous restez la dernière de la Trinité du manger. Je réponds concentrez vos corps sur votre travail qui est de grandir. Vous n'avez pas la hauteur pour Adélaïde.

Un jour je vais m'asseoir dans le bac, je vais aller sur le Port pour chercher Artémise. Si je ne la trouve pas, peut-être je prends sa place. Pas besoin d'être la vénus pour mener un commerce comme ça. Hier, j'ai rencontré le mulet gris, derrière un convoi de cannes. Ce patron colon le montait, après tout c'est un simple géreur. Il n'était pas décédé. Il cravachait la bête, qui n'allait pas plus vite. Ils ont longé la rue Saint-Laurent, ils ont descendu la place Calebassier, ils sont entrés dans Petit-Pré. Je fais la réflexion Adélaïde d'ordinaire les colons sont à cheval, soit maîtres soit géreurs. Qu'est-ce qu'il suppose celui-là sur un mulet dénaturé, qu'il ne connaît pas même ?

# Un coq à Esculape

La bête vola sur les calloges à lapins où elle battit ses moignons d'ailes pour chanter sa victoire.

— Tonnerre d'Odibert, dit Longoué, ce coq-là est allé à l'école, il a appris à rire des humains.

Il se glissa derrière les herbes, bondit sur l'écha-faudage. Le tout s'écroula dans un bruit de planches mi-pourries, deux lapins sautèrent dans les cacos, Longoué par terre tenait sa tête comme pour l'empê-cher d'éclater. Le coq était déjà sur la plus basse branche du pied du mangot vert.

— Papa Longoué, dit Raphaël, c'est pas la peine d'être un déclaré quimboiseur si vous ne pouvez pas même attraper un coq. Faites votre mystère, hypno-tisez ce renégat.

— Mais si je le travaille de cette manière que vous racontez, qu'après ça vous le mangez, dit Longoué, qu'est-ce qui s'ensuit ? Pouvez-vous digérer le mys-tère, même tourné en fricassée ? Vous marcherez raide comme Artaban, parce que vos boyaux seront hypnotisés dedans.

C'était déjà le gros après-midi, des rafales de vent

s'engouffraient sous les cacos, avec un bruit de soufflerie qui accompagnait notre déroute. Nous étions donc les trois, invités pour la journée chez Longoué, dont il semble que nous n'ayons jamais connu le petit nom ni même le nom de voisinage. Aucun de nous ne s'étonnait de cette idée de manger un coq de combat. Il est vrai que celui-ci n'était jamais entré dans un pitt et qu'il avait mené contre nous le seul combat de son existence.

Le quimboiseur effeuillait nonchalant des feuilles d'à-tous-maux, il balbutiait des injures plus complices que décidées.

— Poussez devant ! cria-t-il — et la poursuite sans espérance s'enflamma une fois encore.

— Je ne comprends pas pourquoi il reste près de la case, criais-je affolé.

— C'est sa maison, dit Raphaël, il n'y a pas de raison qu'il l'abandonne.

— C'est pour rire de nous, répéta Longoué.

Et ainsi, après combien de carnavals autour de ce mangot vert — autour et dedans —, puis du carré d'herbes où Longoué ménageait ses ingrédients, puis du talus derrière la bonbonne d'eau, où brillaient les morceaux de soufre, puis de la touffe de cannes à l'entrée des plants de caco — il devait être trois ou quatre heures déjà, nous avions ravagé tout l'alentour connu et inconnu —, Raphaël aplatit le coq contre la porte de la case, l'attrapa aux ergots, en criant : « Vous allez périr par où vous avez péché ! »

Mais nous étions à bout, l'heure du déjeuner vagabondait si loin de nous. Le vent tournait sur le terre-plein devant la case, il avait suivi la piste de tous ces objets qui depuis le matin avaient défié Longoué, rasoir, pipe, calebasse, et les avait bougés autour de notre vacarme.

— Maintenant vous les jeunesses, dit Longoué, vous allumez enfin le feu sous le canari, je vais pour vider ce coq.

Il considéra les cuisses rouge-grenues, dégarnies de plumes, les pattes de maïs pâle, la tête alerte et sans crête, les amorces d'ailes aux aigrettes noires et bleues.

— Avez-vous déjà vu un coq sans crête ? cria-t-il à la ronde sans attendre de réponse. Vous pensez peut-être que nous allons pour manger cette viande à quoi je vous ai invités ? Je demande combien de seaux de charbon il faudra brûler, seulement pour attendrir son apparence.

— Ça ne fait rien, dit l'un de nous. Que réclame le peuple ?

— Poul épi diri, chanta Raphaël, en chœur avec lui-même.

— Diri, diri, vous allez vous contenter d'un bon fruit à pain, je vous ai appelés à manger bien vaillant, non pas pour déguster en vertugadin.

Il différait simplement le moment d'attaquer le coq, nous l'avions compris ; nous étions attentifs à sa manœuvre.

D'abord il s'assit près de la porte, la bête solidement calée sous le bras gauche, et il brandit le couteau. Puis il s'accroupit à l'entrée de la petite allée de terre qu'il entretenait d'ordinaire comme un parquet de salle de bal. Enfin il s'accota au manguier, tâtant du pouce le cou maigre et interrogeant le ciel.

D'où nous étions, faisant mine d'arranger le bois-gomme et le charbon entre les roches du feu, et préparant la bouteille de pétrole pour amorcer, nous pouvions voir que le coq le surveillait, ses yeux on aurait dit en diagonale entre le couteau et la figure concentrée de Longoué.

Celui-ci se décida, tenta d'enfoncer la lame sous la peau décharnée qui se dérobait. Fatigué de piquer sans suite, il essaya de scier le cou comme si le couteau était une bonne égoïne et sa main gauche un établi. Le tout roulait en mouvement à billes bien graissé. Alors il cria et balança le coq contre le pied du mangot. Les ailes pétaillèrent, la tête rentra dans le cou, les pattes se détendirent dans sa main puis se raidirent à nouveau. Le coq le regardait.

— Allons, dit-il calmement, il faut appeler monsieur coutelas.

Nous l'entourions aussitôt, acolytes empressés.

— Tenez, tenez, dis-je, prenez votre main droite et ne lâchez pas notre manger, je vous ai trouvé l'instrument du sacrifice.

Il saisit au vol le coutelas, d'un mouvement théâtral et rond, comme pour saluer l'animal récalci-trant.

— Attention, dit-il, la tête va sauter au ciel, le corps va courir partout pour la chercher à fin de se recapiter.

Mais le coq se dégagea d'un sursaut, enfonça le cercle que nous formions, vola sans ailes jusqu'à la limite des cacos, d'où il fit face et nous regarda.

— Je me demande comment faisait ma mère pour les cuire et les assaisonner, murmura quelqu'un.

— Vous pouvez annoncer que pour de bon quimbois est mort, dit Raphaël en mélopée.

Le vent coulissait sur le maillot de corps de Longoué. Les muscles de ses bras et de ses épaules tressaillaient en cadence. On entendait notre respiration, qui accompagnait le bruit maintenant paresseux des feuilles. Soudain l'ombre d'une branche grandit sur nous. Le soleil balançait sur le morne.

— Ne faisons pas les voraces, dit Longoué. Je crois bien que j'ai par là un morceau de morue bien séchée. La morue est la providence des malheureux. J'ai aussi deux lapins, mais c'est pour faire des petits... Mes lapins, où sont les lapins, ils sont partis dans les bois ! A cette heure j'ai deux lapins marrons !... Poussez devant, messieurs en grâce je vous prie !...

Et comme il sentait la clameur de rigolade qui grossissait en nous :

— Regardez, dit-il, ce coq sans mission ni rémis-

138

sion a bien raison, il ne veut pas manquer de vivre.
C'est nous tous ici qui serons bientôt morts.

— C'est un beau risque à courir, dit encore le
troisième d'entre nous, qui aussi bien était le plus
savant.

# Mathieu

La déclamation de Longoué me revint d'un seul cri, alors que tout était fini — Gani, Tani, Maho, Mani — que depuis longtemps les cadavres des usines neuves abandonnées regardaient passer les pullmans des hôtels, que les Monoprix dégorgeaient. Aussi bien ce ressouvenir intervint-il comme une cassure. Fini le temps des ampleurs de parole, des paraboles en majesté, des solennelles remontrances. Eudoxie, Adélaïde, le quimboiseur : ils avaient cassé ma voix. Je voulais toujours deviner ce qui s'agitait sous la bonne apparence, mais je n'y appliquais plus ce qu'on appelle un style approprié. Les mots tombaient comme des houes sèches dans la terre. L'ostentation des grands élans faisait place au dur constat. Les lisières, les cases, les rivières se fermaient, ne laissant percevoir que leur surface insoutenable.

Dès ce moment où il avait dévalé l'escalier extérieur qui barrait la façade de l'intendance, le géreur était tombé fou de trouver combien la terre alentour avait changé. Comme s'il la voyait pour la première fois. En un éclair il avait compris, pendant qu'il dessellait le mulet et l'envoyait à grands coups rejoindre l'enclos, que les mots se transformaient en lui. Le mot pour dire maison n'avait jamais existé. Le mot pour dire récolte était en train de brûler. La Palun n'était plus un mystère de travail organisé autour du pont, le chemin de terre ne brillait pas, les manguiers faisaient une ombre froide, les appels des bêtes résonnaient tristes comme du fer.

C'était là le début de ce retournement qu'il allait voir s'aplatir partout à la ronde pendant ces sept ans. Au fur et à mesure il enragerait de l'abandon grandissant. « Ils ne savent pas même choisir le moment, ils ne voient pas venir un cyclone, ils ne pansent pas les bêtes, les taureaux sont pleins de sangsues de tiques, qu'est-ce qui m'a balancé des golbos pareils ? » Il irait traîner autour de l'Usine, déposant des billets flamboyants bien en évidence sur des roches, au pied des poteaux télégraphiques. « Qu'est-ce que vous attendez pour sarcler La Rosette ? » On rapporterait ces messages aux gendarmes qui passeraient des nuits à veiller autour des wagons ou à l'entrée des tracées.

Pour le moment la boue d'alentour paraissait plate comme cette cloison, il lisait la fatalité dans la plus petite herbage accrochée aux racines des acacias. La damnation d'impureté avait envahi l'espace de cette véranda et l'avait rejeté, lui, dans le tourbillon. Il avait si longtemps pensé que les pays d'au loin avaient résumé ici leur chaleur, leurs misères, leur doux enfouissement. Où étaient Chine, Pérou, Deccan ? Le bout de terrain s'était racorni, l'écriture de la terre avait concentré en une boule de bêtise et de faiblesse non fleuries. Heureusement, la bêtise ne porte pas fruit.

Pendant des temps il ne comprit rien de ce qu'il faisait. Il s'enveloppait de terres rouges, de limons jaunes, déchirant ses vêtements à toutes les épines, croisant sans les voir des gens qui s'écartaient à son approche. Sans aucun souci de sa sécurité, il divaguait comme une bête à l'abandon. Tout entier perdu dans ce vertige de la robe agrippée aux éperons. Un jour il se réveilla net, avec la conscience rusée de ce qu'il ne faudrait plus risquer, mais aussi le poids soulageant de la fatigue qui l'avait abruti. « Si je sens la fatigue, je ne suis pas perdu. »

Mais huit jours plus tard il titubait à droite à gauche, encore une fois sans savoir. Une eau rouge suintait, rideau glabre au long de ses côtes, traçant des îles de boue sur la peau, que par moments il grattait sans y penser. L'affaire n'était pas d'échapper aux chasseurs ; ce qui grandissait dans sa tête comme un carnaval et emplissait son corps d'un désordre plus gros qu'une montagne bleue, c'était la hantise du manioc ou des miettes de viande salée que sans aucun doute il trouverait dans les caches. « Je ne vais pas manger, pensait-il, c'est simplement que toute la terre va déborder dans ma gorge pour

me remplir de bon et de bouillant. » Alors il chavi-
rait les yeux vers la lune comme un zombie, pour les
débarrasser de la sueur et de la pluie et de l'envie de
mourir.

Il revoyait le chemin parcouru dans l'espace de
temps qu'avait mis le soleil pour aller du Château-
Dubuc à la Pointe des Nègres. « Il marche droit dans
son jardin, pensait-il, moi je cours en dérive comme
un chien gris. » Parcourant la terre de l'orient au
couchant, sans espoir de s'arrêter. « La terre de
qui ? » demandait-il.

« C'est ce temps qu'il trouva la vache de Lomé. Par
quel hasard, nul ne sait. Lomé avait caché la bête
dans un fonds où pas un n'aurait pensé descendre. Il
n'y avait pas de chemin, les orties multipliaient,
Lomé faisait mine de jeter des ordures à la volée,
comme dans un trou sacrifié. On aurait dit qu'il
savait déjà que la guerre allait venir ailleurs, qu'il
fallait faire des provisions. Ou bien il avait une
vénération pour cette vache-là. Il donnait les fruits à
pain, il laissait prendre toutes sortes de légumes, il
partageait la viande salée, mais il ne voulait pas
même vendre le lait de cette vache-là. « Vous avez
peur des coulis qui adorent le bœuf », disait sa
femme.

Le géreur, qui était alors loin au nord de son
terrain habituel, ne fit pas la différence entre ce
fonds et les autres, mais il comprit tout de suite que
cette vache avait une raison bien incroyable d'être

là. Tout de suite veut dire aussitôt après qu'il eut tâté sous la bête et apprécié la mamelle. Il eut la patience d'aller chercher aux alentours un seau en zinc qu'il vola dans un appentis (depuis très longtemps les chiens fuyaient devant lui) et il eut la patience de traire au moins cinq litres. Alors il s'assit devant la vache songeuse, avala le tout sans laisser tomber une goutte. Puis il rit avec la vache, rotant à la ronde comme un cochon sauvage qui laboure la terre. La nuit emportait son rire et le mélangeait au crépitement des bois.

Après la patience, il eut l'astuce : d'aller laver le seau à une ravine et de le rapporter à son bien obligeant propriétaire. Puis il continua au nord et dormit enroulé autour de son ventre énorme. Il se promettait de revenir la nuit d'après. Il avait découvert le goût du lait, encore plus doux que celui des punchs chauds qu'Adoline lui préparait. L'écume était la même, sans rhum ni vanille ni cannelle ni citron vert, et ça descendait tout autant.

Lomé vit tout de suite que la vache avait été soulagée. Il la consulta longuement, ausculta les côtes, les pis, les yeux, la mâchoire. « C'est une bête longue », conclut-il. Remontant la pente, il alla chercher des herbes qu'il malaxa en douceur et dont il frotta les mamelles presque flasques.

— Vous ne prenez pas le goût de lait pour aujourd'hui, dit sa femme.

— Non, mais demain matin, dit-il, l'ennemi me fera cadeau de son corps.

— Si l'ennemi a tété le bœuf, dit la femme, il faut jeter au moins trois jours de lait.

— Je connais les herbes, dit-il, ce lait-là ne va pas tourner.

Mais le géreur connaissait aussi les herbes. Il nettoya la bête jusqu'à ce que sa main lui certifie que la place était nette, et comme il avait perdu beaucoup de temps à cette opération — montant descendant à la ravine pour bien laver ses doigts et les touffes d'herbe dont il se servait —, il négligea d'aller chercher le seau. Il se coucha sous la bête et avala directement, la tête de côté pour mieux attraper les jets. Ce n'était pas commode mais bien plus amusant.

Au matin, Lomé découvrit la situation.

— Sacré pistache, dit-il, l'ennemi n'a pas de main pour nettoyer un piège comme ça. Il coule roule mais il ne frotte pas. Ça c'est l'ouvrage d'un camarade sans camaraderie.

— Ce lait-là donc a bien tourné, lui dit sa femme quand il remonta.

— Patience plus belle que violence, répondit-il uniment.

Ce qui fait qu'à la nuit d'après il était couché invisible non loin de la vache, à converser avec les étoiles à travers les branches d'un gros abricot.

Le géreur devina peut-être sa présence mais s'installa, tranquille sous la mamelle. Il semblait que dans l'ombre Lomé comptait le nombre étincelant de jets à la volée, ou plutôt à la bouche du voleur.

145

— J'espère il a un bon goût de bons herbages, dit-il — et sa voix calme était presque une invite à poursuivre. Il n'avait certes pas l'intention de troubler la nuit, ni d'interrompre une opération aussi sérieuse.

— A la santé, dit le géreur sans détourner la tête.

— A beau mentir, vous devez être un gros tonneau, à voir le nombre de coups de main que vous donnez à la minute.

— On dit même je suis un foudre, ça c'est vrai.

— Monsieur, continua Lomé, est-ce que vous savez que cette vache-là est mon bien ?

— Je n'avais pas l'intention de mettre la main dans le bien d'autrui, je vous certifie.

— Mais est-ce que vous savez que ce lait-là qui sort en bas de cette vache-là est mon bien pareillement ?

— Je vais payer pour ce que je consomme, si vous permettez.

Lomé secoua la tête, invisible dans le noir de la terre.

— Ce lait-là c'est pour la famille. Comme qui dirait, dans mon intention, un lait consacré.

— Je présente toutes les excuses pour le dérangement.

— C'est à supposer que vous êtes retourné en enfance, dit Lomé.

— En vérité, je suis tourné en nègre marron, par faute de Dieu.

146

— Tous les nègres sont marrons, c'est une question de coloration.

— En vérité, vous avez entendu parler du géreur Beautemps, non ?

— Ah, c'est vous, dit Lomé — comme si à partir de là tout était décidé.

Le géreur avait arrêté son pistonnage mais il restait allongé sous la vache. Ils écoutaient sans entendre, Lomé le géreur, la nappe de bruits que les petites bêtes répandaient sur la terre.

— Je suppose, dit Lomé, vous n'avez pas l'intention de prendre couche aussi bien que couvert en bas de cette bête-là ?

— Non, dit le géreur, le goût de lait vient, le goût du lait s'en va. Je vais redescendre du côté de Saint-Esprit.

— C'est que nous sommes orientés, reprit Lomé après un silence de méditation. Voyez comme on prononce : monter à l'Ajoupa, descendre au Diamant. Vous montez au nord vous descendez au sud. Est-ce que vous savez ce que ça représente, le nord le sud ? Pourtant vous êtes orienté.

— Je pense vous n'avez pas peur de moi, dit le géreur, vous êtes bien trop philosophe.

— Je n'ai pas peur ni de démon ni d'apocalypse. Pas même de l'ennemi.

— Vous connaissez les herbes, on dirait, pour tromper l'ennemi.

— Au moins je connais que vous êtes marqué pour

147

ce jour-là qui va venir, quand vous serez fatigué de tout ce vent tournant.

— Non seulement vous connaissez les herbes, je peux dire à présent que vous avez le don pour annoncer aux passants ce qu'ils savent depuis si longtemps. Maintenant vous allez me raconter pourquoi vous mettez ici au piquet cette vache consacrée, à qui vous donnez l'ordre de ne pas crier, ne pas bouger — qui est aussi philosophe que vous ?

— Sacré pistache, dit Lomé, il faut que je vous souhaite la bonne nuit.

Il se leva en souplesse, son coutelas sous le bras comme une cravache de commandeur. Quand il fut à la case, la femme lui demanda si ç'avait bien été l'ennemi oui ou non ?

— Ce n'était pas l'ennemi, dit-il, c'était la fatalité.

Comme si cette vache l'avait apaisé, le géreur commença d'organiser son temps, de repérer son territoire, d'aménager ses caches. De mériter enfin la chance qu'il avait jusque-là connue. Sa disposition fut de constituer un noyau autour du mahogani, et de rayonner en étoile dans toutes les directions, soit le nord soit l'est, soit la mer verte soit la mer bleue. Il vérifia que les caches avaient été préparées, comme il s'y était attendu. Il prit plaisir à en changer régulièrement les emplacements, bien moins par précaution que pour le bonheur de la découverte. Il oubliait sa condition pour s'étonner des infinies

ressources des mornes et des fonds, où il n'allait plus
en dérive. Au détour d'un champ de campêches, une
roche qui ouvrait une caverne, avec des herbes
douces pour dormir. En plein dans une savane à
l'abandon, une source glacée dans le soleil pétant.
Trois acajous en triangle qui bordaient un étang de
mousse vierge. Il pouvait continuer ainsi des jours et
des jours, oubliant les carrés de cannes. C'est sans
doute cette curiosité qui le poussa loin des gendarmes, chasseurs, renégats et délateurs. Qui le proté-
gea dans des replis inappréciables, renouvelés :
comme si la terre alentour se modifiait selon des lois
que ne pouvaient deviner les Odibert avec leurs
balles d'argent, les Tigamba qui tremblaient de
pouvoir être un jour sous-commissaires de police,
tous ceux qui chercheraient à le démolir, seulement
pour prouver que la population ne le protégeait
pas.

Il n'erra jamais loin du mahogani. Au plus serré
des poursuites, quand il semblait bien que la traque
allait aboutir, et sans multiplier les précautions, il
revenait à la masse intense, plus drue que la plupart
des mahoganis qu'il avait connus. « C'est un bourg,
pensait-il. Voici la grande rue, les chemins de côté, la
Croix mission, les chapelles de la procession, la
mairie tout en jaune, l'église tout en gris, le jardin
public avec la fontaine. » Il y retrouvait dans la nuit
les mangers des femmes, à l'abri des grosses racines,
qu'il dévorait sans distinguer.

Tant qu'il rencontra madame Adoline, il lui

imposa des points de rendez-vous à chaque fois différents. « C'est mes vraies caches, disait-il, on ne pourra pas tomber sur nous. D'ailleurs, comme ça, vous connaissez le pays. » Il n'acceptait pas qu'elle lui donne le manger de main à main. « Déposez au pied du mahogani, il prend plaisir à me voir à table. » Ces caches volantes, désignées au gré de sa fantaisie ou de son instinct, élargissaient de plus en plus les branches de l'étoile. La terre est une étoile, où vous trouvez secours contre l'abandon, le laisser-faire, l'incompétence. Vous pouvez gérer au large. Vous êtes maître dans l'Atelier du temps et dans la Plantation sans fin.

Il n'accueillait jamais deux fois de suite madame Adoline dans les mêmes dispositions. Ainsi bondissait-il de la cache de l'amertume à celle de la méchanceté, de celle de l'amitié à celle du débordement (sans accepter de fréquenter la dame — « je ne vais pas passer après un patron colon »), de la cache des reproches à celle de la confiance démesurée. Sur la terre nue il écrivait ses humeurs.

Adoline, si retenue et profonde, ne suffisait pas à soulager son ressentiment. Il cherchait quelqu'un qui l'affronterait dans le rond inusable de la détestation. Odibert était trop blême, Tigamba trop poltron. Les hommes de courage ne trouveraient aucune raison supportable de le combattre. Il pensa un moment à Longoué, pour lequel il manifestait un sentiment de mépris respectueux. On ne savait jamais avec ces gens-là. Mais il ne rencontra pas le quimboiseur et ne sut pas qu'il l'avait combien de fois suivi de peu dans ces rendez-vous étoilés qu'il donnait à madame Adoline.

La frustration lui vint, intenable, de n'avoir personne de recommandable à haïr, à combattre. C'était le plus dur de sa solitude, et qui paraissait un châtiment pour sa maladresse, pour l'inestimable légèreté avec laquelle il avait décampé sans s'assurer que son geste était accompli, que ce colon était allongé sans relevailles, que ces éperons-là ne marqueraient plus aucun plancher de véranda. Sans compter que s'il essayait maintenant de recommencer l'ouvrage, il serait ridicule pour toujours.

Longoué cependant promenait partout le collègue en divination qu'il portait en lui. Celui qui était amoureux de la mandoline, si le mot amoureux représentait quelque part quelque chose, dans cette tension qui envahissait. Un quimboiseur honorable, que tout un chacun appelait papa Longoué. Je crois qu'il avait connu deux attachements de la sorte dans sa vie (lui qui eût pu, à ce qu'on disait, « s'attacher » n'importe quelle femme du voisinage) et qu'il souffrit d'autant plus de retenir secret, peut-être avant tout à lui-même, ce deuxième écart. C'était écart non par rapport à ses mœurs, plutôt légèrement déréglées, mais par rapport à la prudente pudeur qu'il manifestait envers tout vrai « sentiment ». Nous n'estimions probablement pas, même si nous avions tous trois flairé ce qui couvait sous son discours, ce qu'il lui en avait coûté de jouer les rapporteurs par

amitié, au long de ses déclarations à madame Adoline, laquelle savait à quoi s'en tenir.

Sans doute le souvenir de ces non-déclarations
troublait-il imperceptiblement la tête de la veuve
par avance (et qui bien sûr ne le deviendrait jamais)
quand elle affrontait le géreur, et c'est ce trouble qui
engageait s'il se trouve celui-ci à la torturer plus
encore, dans l'espoir d'obtenir une nouvelle raisonnable et non pitoyable chance de rencontrer le colon.
J'imagine que madame Adoline, qui eût repoussé
sans émoi ni retour une déclaration directe, avait
souffert pour le quimboiseur de la comédie qu'il
avait dû organiser. D'où ce trouble, que Maho devinait : il savait lire non seulement sur les cloisons
mais encore sur les figures, les sourires, et même sur
l'air que vous déplaciez quand vous alliez à sa
rencontre ou, pis encore, quand vous étiez debout
immobile devant lui.

Il s'amusa féroce à contraindre l'agent de police
Tigamba, les quelques rares fois qu'ils se rencontrè-
rent, à ces séances paniques d'immobilité qui deve-
naient sa spécialité.

— Arrêtez-moi, Tigamba, je suis à votre disposition.

— Mais voyons, monsieur Beautemps, je n'ai pas
même les menottes.

— Prenez une corde-mahaut, ce sera bien le cas, je
vous attends sans bouger.

Il ne bougeait pas d'un ième, les yeux vagues,
pesant deux tonnes sur la terre. Tigamba, bien

au-delà de la terreur, trouvait d'abord moyen de plaisanter, « nous avons bu trop de punchs ensemble », puis il se figeait à son tour, ses mains noires au garde-à-vous brodées sur la culotte bleue.

Mais ce Maho, qui puisait tant de force dans l'immobile, ne devina pas quelle cohorte accompagnait sa dérive au long de ces sept années. De plus en plus concentré sur son ouvrage, qui était de devenir plus sauvage, plus brut, plus impitoyable, plus rapidement sale et débraillé, plus crûment malfaiteur, il n'avait pas idée des rêves qu'il avait ramenés d'un passé vertigineux, ni des fières et inavouables tentations qu'il faisait grandir dans les têtes timides des habitants.

Il ne vit pas Longoué, lequel n'avait jamais tant navigué dans la terre ; ni les enfants qui cherchaient à le joindre, avec l'inconscience fébrile des habitués du cinéma El Paraiso, admirateurs gesticulants des héros de films à épisodes, *le Numéro Un* ou *Ken Maynard et son cheval Tarzan ;* ni Odibert, qui alla donc marchander une balle magique en argent pour tenter de le terrasser ; ni Adélaïde qui n'existait pas pour lui, derrière laquelle il s'assit pourtant dans ce cinéma, un soir qu'il eut l'impudence calme d'aller voir à une séance de neuf heures *l'Ile du docteur Moreau ;* ni Artémise qui ne le suivait qu'en pensée, respirant seulement l'odeur de sa présence dans le bois ; ni ceux qui d'année en année ne pourraient faire autrement que revenir à ce qu'ils considéreraient comme l'exploit irrépétable : d'avoir tenu sept ans, dans un espace clos si limité, contre toutes les forces de police (à dire le vrai, une bande débandée de gendarmes) mobilisées contre lui ; ceux qui n'avaient pas vu les bourgs s'animer puis languir, les Plantations rétrécir, la canne s'évaporer, les routes multiplier, toutes choses contre quoi il avait raidi sa rage ; et qui, pour résumer ce temps passé, savoir en quoi il continue ou s'évertue, n'auraient d'autre repère ni point d'appui que la ronde qu'il traça sur la terre.

Je soulignais, à l'intention de mon auteur et biographe, lequel avait naguère enveloppé cette histoire de Maho d'un voile de mystère et de poétique confusion, combien il serait naturel et profitable d'en revenir au relevé des faits, au strict report des relations. Puisqu'il était patent que nous étions obsédés du géreur et de ses sept années de résistance, que nous ne manquions jamais d'en revenir à lui, soit dans nos discours ou nos écrits, soit dans nos rêves ou nos illusions, autant profiter de l'affaire pour tâcher de comprendre ce qui, du changement intervenu dans nos existences, avait été mis en œuvre à ce moment et par ce moyen-là.

Mon ami l'écrivain (j'ai déjà dit le temps où chacun lui demandait : « Que faites-vous dans la vie ? — Je suis écrivain. — Mais quel métier exercez-vous ? — Je suis écrivain. — Mais est-ce un métier, ça ? » Pas un ne pouvait croire) me répondait qu'aucune étude si détaillée fût-elle ne donnerait une idée de l'ensemble, que nous avions à vivre totalement

(« Qu'est-ce que vivre totalement ? ») et non dans la mesquinerie de ces petites recherches à l'encan, que les géreurs marrons ou les enfants prédestinés n'avaient pas souffert leur vie pour que nous en profitions sous les espèces de pâles récits conformes. Je lui opposais que nous pouvions comprendre ces mutations que Maho avait incarnées si lourdement, que par-là nous donnerions une sorte d'écho profitable à ce qui avait été une tumultueuse agonie.

Mon ami m'expliquait (nous nous étions retrouvés après combien d'errement dans le tout-monde) que dans bien des pays semblables au nôtre des bouts de campagne venaient buter dans des amorces de ville, s'effilocher en terrains vagues où les garçons et les filles jouent au ballon et où des bœufs maigres divaguent tristement ; que les dimanches après-midi sur le Port de Fort-de-France, vacants et mélancoliques, avec cette ombre rase des murs qui vous traquait autant que la chaussée, n'avaient pas changé depuis le temps, ne changeraient jamais ; que j'aurais beau y placer des dates, 1943 ou 1979, ce que j'obtiendrais n'irait pas plus loin que le savoir de Dlan, qui avait pour habitude de crier aux croisées : « Regardez cette poussière-là ! Dans le temps la poussière vous faisait boire, aujourd'hui elle vous pousse dans la peau — vous déshabille » ; que c'était oui même poussière. — Ainsi disputions-nous, disant la même chose. Nous mélangeons toujours la palabre à nos exubérances.

Je lui rappelais que dans ce temps de notre

jeunesse j'avais été, le plus jeune et sans doute réputé innocent, désigné par convention pour « rapporter » cette adolescente agitation qui avait figuré pour nous l'écume d'une vague naissante, le balbutiement de cette parole des peuples qui commençait à lever sur l'horizon du monde ; qu'il s'était tout simplement mis à ma place, qu'il avait parlé en mon nom, usurpant une identité qu'il m'avait constituée lui-même, ce dont bien sûr il avait obtenu permission ; mais qu'il n'avait pas épuisé les raisons ni les déraisons de mes vies.

A quoi il rétorquait, avec cette ironie familière qui tissait plus de liens qu'elle n'en brisait, qu'il en irait probablement de même pour cette fois, et que de si pertinentes observations ne seraient pas trahies par le rapport qu'il en ferait.

J'objectais qu'il avait par exemple suivi tout au long la vie de Marie Celat, qu'il avait même fouillé au tréfonds de ce que les gens appelaient sa folie, mais qu'il fallait bien observer, ou regretter, qu'il n'avait jamais rapporté (comme il disait) notre mariage, tout juste mentionné dans une datation en fin d'ouvrage (« 1948, Mathieu et Marie Celat se marient ») ni la naissance de notre fille Ida ni, après notre séparation, ce qui s'était passé jusqu'à la naissance et mort des deux garçons de Mycéa, Patrice et Odono Celat. Il y avait donc des moments où la profusion poétique s'effaçait, maladroite à entrer dans le malheur brut ? L'auteur n'était donc pas le tout-puissant démiurge ? Il me répondait, adoptant peut-être les détours de papa Longoué, qu'en de certains « endroits » de la vie une ombre de pudeur l'emporte sur le nécessaire des explorations. Je pensais à part moi que les pudeurs des hommes d'écriture ne sont que précautions. L'idée sauvage me frappa qu'à la vérité mon ami avait toujours été amoureux de Mycéa ; sentiment qui, après les malheurs et les deuils qu'avait connus celle-ci, était devenu un amour impossible à avouer. Marie Celat préservée. A plus de cinquante ans, elle sidère les astres.

Ces discussions en mais, que, par conséquent, étaient manière d'allumer nos bambous évidés au long du chemin de Maho. Ils s'éteignaient l'un après l'autre, en sorte que nous ne voyions pas le champ étoilé tout entier répandu sur la nuit. Nos lumignons se relaient, il leur reste à brûler ensemble. D'autant que nous ne disons pas ce qu'ils éclairent : un manger tout chaud ou une fenêtre bien fermée ? L'idée de cette alternative me vient de ce qu'au temps de Maho les femmes, ne se donnant plus le risque d'aller courir les bois, et après la mort de madame Adoline, avaient trouvé ce moyen de remplacer la concubine : elles attendaient que leurs maris soient de service dans l'équipe de nuit ou partis pour une pêche à Miquelon ou en virée chez l'une ou l'autre de leurs maîtresses, elles préparaient de bons plats (un bon plat était aussi improbable à confectionner qu'un costume en alpaga) qu'elles déposaient devant leur fenêtre, elles allumaient une bougie ou une lampe à pétrole. Ainsi le manger prenait-il la profondeur de la fenêtre fermée. Maho, qui en arrivait à se croire invincible et qui parcourait le pays sans broncher, s'amusait parfois à tenter de forcer les battants.

— Ouvrez pour moi, doudou, la lune même a viré dans sa case.

— Prenez le manger, battez arrière, monsieur Maho, mon mari revient tout là-même.

— Votre mari a un autre manger pour la nuit, à ce moment-même il est rassasié.

— Même même même, même vous-même !

Il rigolait en partant vers une autre fenêtre éclairée. Il y avait donc un chemin secret des lumignons, une trace brisée dans les détours des mornes, à l'entrée des bourgs, à l'entour des Plantations. Cette personne qui déposait le manger avait envie d'ouvrir la fenêtre, mais serait morte avant. Ainsi ce battant fermé, entre les convives. Nous conduisons difficilement ce qu'on appelle une conversation, nous crions les mots à la volée. La palabre frappe en tous sens. Les battants nous barrent les mots. Nous mourons d'ouvrir, ne le pouvons pas.

Tout de même que nous avons pris l'habitude de sauter d'un temps à l'autre : nos temps se relaient, il leur reste à bouger ensemble. A peine avons-nous vu Artémise casser son corps dans les orties de La Palun, la voici solennelle dégingandée, portant sur ses jambes maigres comme des baguettes-la-vérité

un ventre énorme, muet et obscène, où pousse
l'enfant des marins. Artémise a retrouvé la voix,
mais ne dit pas trois mots dans la semaine. Elle
accouche sur un grabat de sacs à guano, dans
l'arrière-cour d'un des privés du Port, avec l'assistance méchante mais efficace d'une vieille habituée
des lieux, elle crie sans arrêter que c'est l'enfant du
géreur, l'enfant du géreur. Pendant des mois après
l'accouchement, son ventre ne désenfle pas. On dit
maintenant que tout le coin, qui s'allonge en détour,
de l'Imprimerie officielle au quartier Sainte-Thérèse, va être rasé. Peut-être qu'après tout vont
réellement disparaître les après-midi mélancoliques, tapis dans les balcons déglingués ou plaqués
sur l'eau irrespirable du bassin de radoub.

A peine ai-je dit le nom d'Ida, elle sort de son
studio, au quatorzième étage de la tour de Balata.
Elle n'aime pas prendre l'ascenseur, on ne sait
jamais ; il n'y a pas moyen de faire autrement.
Dehors, la boue jaune monte à l'assaut des murs
décrépits. Ida, je n'ai pas eu le temps de la voir
grandir. Elle me dit : « Vous êtes plus jeune que moi,
on ne dirait pas que nous sommes parents. » Les
herbes salies qui s'évertuent entre les bâtiments
inachevés laissent pousser des îles de détritus :
reliefs de matériaux, bassines trouées, briques à
l'abandon.

A peine Longué nous a-t-il honorés de sa tirade,
ponctuée de cette chasse au coq, le bruit court
partout comme un vent froid : « Papa Longué ka

mô, papa Longoué ka mô. » Il faut monter dans les mornes pour éprouver l'épaisseur de ce vent, qui ne laisse aucune trace dans la mince pellicule déposée sur les villes. La mort du quimboiseur se répand sous toutes les racines, dans toutes les ravines, jusqu'au plus retiré des acajous, jusqu'au plus secret des mahoganis.

Les personnages que nous sommes à nous-mêmes descendent au long de la parole, depuis le premier gribouillis solennel et figé, gratté toute la nuit sur des écorces, jusqu'à la criée aux croisées, rythmée par le vent et par ces morts impavides. Nous sautons le temps sans nous rendre compte.

Clamée au détour des acajous, la rage du géreur, qui insultait les chasseurs, les gendarmes, les colons, et les nuages transparents dans le ciel bas, avant de caler le canon du fusil sous son menton poussé loin dans la solitude et la clairvoyante souffrance.

Les dernières tourterelles, empêchées dans le bois où il s'était réfugié, explosèrent en un éparpillement fou, saluant sa mort d'un éclat de feuilles, de cris et d'éclairs de leurs ailes moirées. Odibert sous le mahogani et les trois ou quatre gendarmes sous les acajous restaient là tremblants, croyant, celui-là que sa balle enchantée avait fait son œuvre, ceux-ci que Maho se lèverait une fois encore pour les poursuivre, jusqu'à la damnation en ruine de Cases l'Étang.

Le coq de combat tombé fou nous renversa tout à fait dans une sorte d'éruption incontrôlable, se réfugia sous les cacos — nous fit face. Il avait rayé l'air, non pas d'éclairs de plumes — dont il n'avait guère —, mais de la zébrure rouge de ses cuisses et de l'irréductible et silencieux pouvoir de son entêtement. Rangés nous trois à côté de Longoué, oublieux de la faim qui nous avait poursuivis tout au long de l'après-midi, nous le regardions s'effacer, solitaire et invaincu, dans les ombres sans fond qui tombaient d'un seul coup des branches.

# Odibert

Parce que je n'ai pas de droit au nom de voisinage, ho ? C'est d'accord quand vous criez Tête d'Odibert ! ou Sacré tonnerre d'Odibert ! ou Odibert golbo ! Vous êtes contents, il en est qu'on appelle Maho, tout le monde au garde-à-vous monsieur Maho ! Qu'est-ce ça veut dire ? Ça l'a pas empêché de pourrir son gros corps sur le ciment de la Mairie comme un carnassier ! Odibert tête-vent ! Odibert pa-palé ! Parce que le nom de voisinage c'est pas pour lui ! Faudrait monter trop loin dans les mornes pour trouver son nom ! Le nom d'État civil c'est déjà bien suffisant pour le demeuré. Odibert la-peau-légume ! A quoi ça sert, j'ai appris tous les abcd, à compter la pluie multipliée par carême, additionnée dans la poussière, je pose zéro, je retiens tout ! Ça sert à quoi si j'ai plié mon corps sur le banc d'école, carré ma tête pour la règle du maître ? Vous jalousez la capacité, vous dénigrez l'entendement ! Vous criez « mache ! » comme sur un chien errant.

Voilà pourquoi j'ai marchandé la balle d'argent.

Pour bien montrer que ce maho-là n'était pas si résistant. Vous dites : Ah là là c'est pas la balle d'Odibert qui aurait pu décaler Maho. Bien entendu vous croyez il est immortel, c'est Maho tout à fait qui peut déraciner Maho. Qu'est-ce que vous savez ? J'ai tiré dans la lisière en même temps que les gendarmes, vous connaissez que les gendarmes faisaient semblant de tirer, ils regardaient plutôt dans le chemin derrière. Comment déclarez-vous que ce n'est pas ma balle ? Comment donc ?

Parce que même le colon propriétaire ne voulait pas de moi. Je sais lire écrire comme tout géreur doit savoir. Je peux contrôler les listes dans le greffe de mairie, tout autant que barrer les noms dans les jours d'élection. Odibert détient la connaissance, mais sa connaissance est frappée. Si vous croyez que ce n'est pas moi, si vous avez prédit que ce n'est pas ma balle, pourquoi vous essayez de me tourner en zombie ? Vous êtes à redevance de jalousie ! Jalousie fait péter vos têtes ! Venez à me tourner en chien errant ! Venez à déposer les démons de mort dans le manger que je mange ! Odibert est résistant.

Vous déclarez ce petit nègre croit qu'il est un mulâtre, il va pour embrasser la chaussette du colon. Mais le patron colon ne veut pas Odibert. Même si je lui rends un sacré service. Je suis allé à l'école comme combien alentour, j'ai retenu. L'école n'est pas partie loin de ma cervelle. Voilà pourquoi vous m'écartez du chemin, comme une vérole à gale ! Comme ce mulet en charogne ! Comme un char à tinettes ! Comme la typhoïde dans la parole de Belzébuth !

Écoutez ! Regardez ! Je vais pour connaître ce que votre tête ne connaît pas. Odibert part pour le monde, vous ne relevez pas sa trace. Tous les lire-écrire sont dans le monde, Odibert va rencontrer ses parégaux ! Vous restez là interdits comme le soleil qui tombe dans la mer de Trois-îlets. Vous ne bougez pas plus que la statue de d'Esnambuc.

Parce que je sais il a essayé, ce Maho-là. J'ai constaté comment il prenait son corps dans la descente, il endrapait les moustiques autour de sa tête, il faisait Tarzan dans les branchages, tout ça pour tomber dans la mer comme un fruit à pain doux. La mer n'accepte pas les renégats tarés qui ont battu la femme pour rater le colon géreur. La mer, c'est une dame de délicatesse. Il ne suffit pas de danser le premier pas, il faut partir à la nage. Quand vous ouvrez le bal, il faut raccompagner la dame. Ça c'est des manières que vous ne pouvez pas développer.

Restez là sur votre calebasse, ne cherchez pas après Odibert. Vos pieds mêlés de terre, vos yeux jaunes de soleil de rhum. Le vent tourne autour de vous, alizés, désalizés, vous ne prenez pas le vent. Qu'est-ce que c'est depuis le temps, ce conte-là que vous racontez ? Un marron c'est pas un saint prédestiné. Un fusil embranché dans le menton d'un nègre, c'est une racaille de moins sur terre. Vous avez peur de son corps vivant, vous adorez l'odeur de son corps mort. Vous êtes rétrogradés dans vos terrains. Combien de temps vous emmerdaillez le monde avec ça ? Odibert est plus libéré que manicou dans l'épaisseur de nuit.

Voilà pourquoi je plonge dans le Canal de Dominique. Pas pour faire la guerre, ça suffit une balle pour toutes. Je vais planter légume à Dominique. Ensuite je parcours d'Amérique en Patagonie. Ensuite je descends l'Afrique, je rebranche par la mer Noire. Ensuite je monte en auto dans Paris. Vous ne suivez pas la trace. Je traverse chez les Coulis, je fais commerce chez les Syriens. Vous ne suivez pas la trace. Vous êtes pourris dans vos jardins comme un pois-vert trop arrosé.

Il montait descendait, il ne décidait pas sa tête à plonger dans la mer. Il pouvait commander tous les patrons pêcheurs, il ne pouvait pas. Odibert commande le vent, vous entendez maintenant son nom. Odibert monte à cheval du monde, sa cravache sur votre dos. Pas besoin d'un autre nom pour la renommée, gardez-le. Gardez votre voisinage à décomposer. Ingrats dénaturés ! Désapprouvés de l'Esprit Saint ! Abandonnés de la Miséricorde ! Zébus sans cornes ! Bêtes à feu mouillés ! Patates de vos mères ! Manicous désossés ! Soupes sans légumes ! Sandales de léproserie ! Chameaux sans bosses ! Enfantés sans géniteurs ! Décédés on ne sait pas pourquoi !

# LE TOUT-MONDE

## Marie Celat

Cette herbe-là prend avantage sur les plants, mal à l'aise dans ces temps-ci. L'herbe est en douce, elle couvre sa misère. Vert poussière elle cahote entre La Favorite Saint-Joseph au long des jardins des villas, elle renforce s'assombrit dans les tournants qui montent vers Gros-Morne, où on sent l'eau grossir dans l'air, alors on tombe sur un carré de ces herbes couresse, zebcouress zebcouress, avez-vous changé votre peau dans la peau de la bête longue ? Quand je pars dans mon rêve, les grands plants ne me font pas peur, c'est tout comme des herbes, je navigue la nuit en plein dans les bois. Je pousse l'acajou comme si c'était couresse au pied, je navigue sur les flamboyants les fromagers, j'aplatis les mangots verts les quénettes, tous ces géants soi-disant, qui sont pour moi comme le gazon mêlé de ces gens-là. Quand je me réveille, la nuit me fait courir. A ce moment je sens la cadence qui frappe à ma tête, depuis quelque temps je pense en rythme, zebcouress zebcouress, comme si les grands plants commençaient à dévaler

169

dans les herbages déracinés pour m'obliger à danser
polka, peut-être même marcher au pas.

ils vont encore proclamer je décline dans la folie
pas un ne comprendra le mécanisme le tempo
qu'est-ce qu'il y a de pas commun à penser en
marteau
avec des mille de clous vous construisez une
Plantation
quand vous avez la cadence quatorze quinze
seize
votre tête fait un orchestre qui bamboule sur le
devant
derrière vous volez plus colibri que le grand
vent
Ils vont encore délibérer Marie Celat est pintinting
pas grand pinting ni tipinting mais pintinting
pourtant ma parole pousse à tant que vous trouvez
le sens
vous ne savez pas que c'est le rythme qui vous
démène
que Marie Celat vous emmène à tiens je comprends ma pensée...

Marie Celat ne marche pas au pas ! S'il y a quelque
chose que j'ai laissé à ma fille Ida, puisque c'est la
seule qui me reste, c'est bien ne pas marcher au pas.
Vous allez planter votre herbage, délaisser ces
grands plants qui se croient. Depuis combien de

170

temps on ne m'a pas appelée Mycéa, vous êtes plus bandit que Maho, qu'est-ce que vous faites avec ce petit Mathieu ?

Mais comment je rêve avec la tête du géreur, dites-moi, d'où vient je rêve ? A quelle personne il a conté qui m'a conté ? Est-il possible il m'a parlé, dans quel côté ?

Quand je me réveille, les grands plants sont disparus mais le rêve est là, sans manquer. Sans manquer une seule fois. A tant que je l'appelle mon essuie-matin.

Il n'y a pas si longtemps, Odono courait la rue avec ces jeunes gens-là. Ils établissaient leur confrérie dans les croisées de la Cité, on ne savait pas si ça deviendrait une ville ou si le monde petit en petit se retrouverait à la campagne. Il était question de faire passer une rocade, en attendant les herbes attaquaient, c'était leur temps de gagner sur le béton. Voyons, je vais être tranquille, raconter tout au long, comme un historien. Vous ne pourrez pas m'accuser de sortir du sujet, qui est bien le destin des herbes. Les gens qui passent dans l'histoire sont là seulement pour bien vous faire comprendre. Vous ne trouverez pas un gros lot de ceux-là qui me parlent, depuis que je suis seule avec Ida. Enfin, dans cette tour enfermée, elle descend de temps en temps pour prendre l'air ou combattre le vertige. Elle n'a pas même un balcon pour étendre son linge. En bref, je vais prendre sur moi pour raconter bien doucement,

171

il y a une raison. La raison, je la dirai plus tard. J'espère que la cadence ne revient pas dans ma tête, sinon je sortirai du sujet. Mon sujet, c'est les herbes, avec des gens alentour. Ne me demandez pas les noms, je hais de donner un nom à l'herbe. Ce que je fais, je classe par catégories. Les herbes qui cassent, les herbes qui enroulent, les herbes qui piquent, les herbes qu'on boit, les herbes qui tachent, les herbes qui lavent, les herbes qu'on respire, les herbes qui guérissent, les herbes de quimbois, les herbes qui coupent, les herbes qui suent, l'herbe sèche, l'herbe sauvage, l'herbe rebelle. Il y a sûrement d'autres espèces, je vous laisse à trouver.

Si je recommence à penser en cadence, je sortirai du sujet. Quand je pense dans la cadence, je cours toujours dans les bois, avec les grands plants. J'ai traversé les bois, je connais qu'on ne peut sortir. Il me semble, même le rêve du géreur est au tempo, ce rêve que je partage sempiternel avec lui, ou du moins avec son esprit. Pour le moment je ne veux plus raconter en cadence, je veux rester dans le sujet, pour cette raison que je vais vous dire plus tard.

Il n'y a pas si longtemps Odono entrait sortait. Vous allez dire que je parle toujours d'Odono, comme si Patrice n'avait pas existé. Je ne suis pas une mère dénaturée. Quand une femme a deux garçons, qui décèdent l'un après l'autre au même âge, à la même distance qu'elle a mis pour les faire, vous ne pouvez pas demander qu'elle pense aux deux en même temps. C'est demander trop. Je pense au dernier parti, peut-être ça camoufle l'autre. Vous ne pouvez pas demander l'addition de la mort tout le temps. Contentez-vous du dernier, c'est de lui que je veux parler. Patrice était étendu dans l'herbe sur le côté de l'autoroute, il m'a dit maman je n'allais pas vite. Odono est remonté avec cette herbe dans ses cheveux défunts, l'herbe du fond marin qui l'a endormi pour toujours. C'est de lui que je veux parler, parce que son nom vous agace. On a fait des livres sur son nom, vous croyez que cet ami a écrit tout au long sur mon histoire, mais c'était pour expliquer ce nom-là. Je comprends à quel point il veut déballer tout ça, c'est pour expliquer le nom. Voilà pourquoi nous le gardons à écrire. Pour tenter d'expliquer les noms. Moi je récolte dans les herbes qui n'arrêtent pas de mourir.

Il n'y a pas si longtemps Odono venait chercher dix francs pour descendre sur la Savane. Je me demande comment il a fait pour avoir son baccalauréat, tout juste avant cette partie de pêche sous la mer. Toujours en course dans la rue. Vous notez comment je raconte ça bien tranquillement. N'allez pas dire que je monte dans mon tralala, si je veux je peux faire vraiment des manières avec les mots. Il me ramenait les vagabonds des environs, qui étaient bien gentils. Je me rappelle (par façon de parler : comment oublier en effet ?) celui qui ne finissait pas de pousser au ciel, il n'avait ni père ni mère, alors il grandissait vers le firmament. Vous pouvez l'appeler Filaos, il était aussi grand, il balançait dans le vent.

173

Je dis il était, car c'est comme s'il avait accompagné Odono dans ce voyage-là. Tout ça est au passé pour moi, autant dire au plus présent qu'on peut trouver. Vous l'appelez aussi Casse-tête, vous voyez pourquoi, il cassait sa tête dans toutes les portes à portée. J'avais un paquet de coton, des sparadraps, du bayrum (on ne trouve plus du bayrum n'importe où), exprès pour lui.

Vous appelez : Casse-tête ! — il vous répond si gentiment. Vous appelez : Filaos ! — c'est de même. Mais ne criez jamais les deux noms en même temps. Imaginez de crier : Filaos Casse-tête ! ou bien : Casse-tête Filaos ! — il commence à vous injurier comme un malappris. Qu'il n'est pas plus grand que votre grand-père, qu'il voit les crabes sur vos cheveux tout comme sur la piste de l'aérodrome, qu'il va faire un atterrisage dessus, à la glissade — ainsi à l'infini. Ce garçon-là était poli avec un seul de ses deux noms, il ne vivait en société que par moitié. Il travaillait dans un garage, il faut dire tous ces jeunes ont la folie de la mécanique. Pas seulement hélas les motos mais les voitures d'occasion, etc. Filaos travaillait dans ce garage, exprès pour essayer les voitures en réparation. Ils étaient tout le temps à l'essayage, ce garage-là n'a jamais eu autant d'employés.

L'autre, c'est clair, il n'avait pas ni-père-ni-mère, il avait trop. On l'appelait bonnement L'enfant des marins. Il est vrai ses cheveux tout crépus étaient jaunes comme du maïs. Avez-vous déjà rencontré des garçons sans nom ? Personne jamais pour lui demander : « Comment vous appelez-vous ? » Ça ne venait pas à l'esprit. Sa mère Artémise vivait encore, comme probablement la majorité de ses pères. Il était si content de venir à la maison, comme si c'était un honneur. Il avait poussé aux alentours du Port, à essayer d'échapper à l'amour d'Artémise, décharnée beaucoup plus qu'un bœuf des Salines, plus débordante que l'eau de La Disac. Artémise convertie Baptiste avait trouvé à la fin une case en tôle à Trénelle. Elle était trop vieillie pour son âge, à ce qu'il paraît elle radotait, elle proclamait que c'était l'enfant du géreur, tout le monde disait autrement. L'enfant des marins vivait parfois avec elle, le plus souvent quelque part. Il avait passé son BEPC, ce qui est un record. Il vient me voir, seul demeurant, sans doute parce qu'il est « aussi » l'enfant du géreur : celui que nous n'avons connu ni lui ni moi. Il regarde les livres dans la maison, il secoue la tête. Les livres le portent ailleurs.

Le troisième, Mani, je ne dis pas mieux, c'était le désordre.
Il ne faisait pas un petit geste sans casser l'air autour de lui. Ou bien il restait sans parler pendant des jours, vous sentez qu'il est en train de bouillir. D'ailleurs il avait deux paroles, une gracieuse comme dans l'ancien temps, pour embrasser la main des dames sans bouger, une pour injurier sauvage, beaucoup plus fort que Filaos Casse-tête. Il marchait

à la Tarzan, il coupait ses cheveux à la Ramon Novarro, il parlait aux femmes à la Clark Gable. Sauf qu'un jeune nègre sans moustaches pouvait difficilement jouer le Capitaine je-ne-sais-quoi dans *Autant en emporte le vent*.

Il avait mis le désordre, bien avant les événements. Comme s'il était prédestiné. Je pense souvent, le désordre était jadis autour des habitants, c'était la sauvagerie alentour, que les gouverneurs essayaient de faire profiter, ils avaient établi un code pour ça, qu'ils appelaient le Code noir, qu'il faudrait dire le Code blanc. Comme si on peut imaginer un code pour la sauvagerie. Les habitants vivaient dans ce désordre, ils étaient bien obligés de s'habituer, mais dans leur tête ils étaient calmes comme une élévation, ils parlaient avec des mots réfléchis, ils avaient une manière pour souffrir, une manière pour regarder les enfants, une manière pour manger un carreau de fruit à pain. Ne croyez pas que je vous fais la morale, ne dites pas : « Ça vient, elle va encore nous expliquer pourquoi elle avait choisi le nom Odono, elle va encore nous demander si nous savons ? » Non, c'est fini toute cette agitation de grands acajous-mahoganis, je ne vais pas vous embêter. Je regarde mes petits herbages bien alentour de vos maisons. Mais je pense, aujourd'hui le désordre, il est entré dans nos têtes nos corps. Pas seulement la folie en souffrance, mais tout ce que vous ne devinez pas même, qui vous porte à sauvagerie ou désespérance. Je ne vais pas tomber dans les grands mots.

Pourtant, si vous avez connu Mani, vous voyez qu'il faut réfléchir. Il couvait le désordre dans ses yeux, il l'affichait dans sa chemise. Il portait ça comme un Sacré-Cœur, avec le sang qui coule à jamais tout figé. Je ne dis pas plus, vous savez autant que moi. C'est-à-dire, nous sommes tout autant éparpillés, sans nous concentrer jamais dans nos têtes, ni la nuit sur nos couches ni la journée dans nos cris.

Quand Odono entrait sortait, accompagné de cette cavalerie, je ne savais pas que le temps était déjà fini. Tout ce temps qui était un rêve, ne croyez pas que j'exagère. C'était une légèreté. A preuve je ne me rappelle pas même le nom de l'homme avec qui j'ai procréé les deux garçons. Ne soyez pas offusqué, je vous ai dit que je raconte tranquillement. Il faut bien définir les choses. Sa figure ne paraît plus devant moi, il n'y a pas un geste ni une parole restés dans l'air que je respire, je ne sais pas s'il est parti ou non. Les hommes sont toujours partis. Je ne recense pas la couleur de sa peau ni la hauteur de sa voix. Comme si mes garçons étaient enfants de zombie ? Mais non. C'est parce que ce temps-là était bienheureux. Vous vous rappelez les petites choses du bonheur, mais vous en oubliez les petits hommes. Ce temps-là était bienheureux, une légèreté d'herbage, bien avant la nuit des bois. J'ai grandi avec Patrice, Odono, nous avons plané ensemble, le vent n'a gardé trace que pour nous. C'était un temps de passage, j'étais capable de songer à ma jeunesse, Mycéa vous êtes plus belle que magnolia, que faites-vous avec ce petit Mathieu ? — Les grands plants m'ont dévastée.

Regardez, je vous déroule une parabole. Pour comprendre ce que je dis, le désordre, Mani, le passage. Figurez-vous cent ans plus tard, ou bien cinquante si vous préférez, peut-être pas même vingt. La Martinique est un musée. Le Musée de la Colonie. On a installé une verrière sur tout le pays, pour le distinguer des autres. Les cargos aériens entrent par des fenêtres qu'on ouvre à des heures fixes. On filtre l'air du dehors, pour que les microbes n'envahissent pas. Les passagers débarquent dans le paradis. Ma parabole est pour l'avenir, après ça vous ne direz pas encore que je ne parle que du passé. On a averti les touristes : « Ne craignez rien, il n'y a aucun danger, vous pouvez provoquer des situations nouvelles, tout changer, oui, éprouver comment les natifs réagissent, nous contrôlons la situation. Exercez sans limites vos dons d'observateurs. Nous sommes fiers de vous présenter une Colonie à l'état pur, telle qu'elles existaient depuis le temps des Plantations. Rien n'a changé, tout est rigoureusement authentique. Maintenant nous vous souhaitons un agréable séjour. Nos sociologues, nos psychiatres sont à votre disposition pour tout complément d'information au cours de votre visite. »

Alors les voyageurs tombent dans le pays. Ils ne prennent pas le soleil sur les plages, à travers la

178

verrière calculée, ça c'est devenu très commun, il y a la mer partout ailleurs. Ils ne visitent pas la Pelée, tout le monde sait que le volcan a été neutralisé à fond. Les machines ronronnent dans son ventre. On a essayé de planter la neige sur son sommet, à l'entour du cratère, mais à la vérité seuls les natifs y ont pris goût. Ça ne vaut pas la peine. Les visiteurs sont excités par les installations administratives, les rhumeries sucreries solennelles sous leurs bâches transparentes, les rues grouillantes de boutiques de souvenirs, les grands marchés bourrés de spécimens de cannes et d'autres produits typiques qu'on a importés à prix fort ; par les natifs aussi, qui conduisent les taxis suspendus avec un dégagement à vous faire mourir de frissons, qui servent dans les restaurants dernière mode de Paris ou de Caen 1980, qui vous reçoivent chez eux comme on ne le fait plus nulle part dans le monde. Les touristes — investigateurs — remplissent leurs fiches de questionnaires :

« — Savez-vous par hasard les noms des îles voisines ?

« — En quelle année avez-vous exigé d'être recolonisés ?

« — Pouvez-vous nous dire ce qu'est un rapport production-consommation ? »

Toutes sortes de questions que j'invente là pour agrémenter la parabole, sans quoi ça ne serait pas vraisemblable.

Courez vite aux spectacles, gratis : le gentil présentateur interroge les indigènes, les visiteurs, tour à tour, il établit la liaison. Aucun problème. Même si les colons étaient les premiers arrivés, ainsi qu'il le fait négligemment remarquer, on ne saurait pourtant nier que les habitants-ci sont les derniers restés. Après quoi la musique démarre. Les visiteurs intellectuellement charmés prennent des notes sur leurs appareils perfectionnés, ils parlent dans des enregistreurs personnels à code, ils vont tenter leur chance au concours d'histoire ancienne du XX$^e$ siècle, à leur retour.

S'il vous plaît d'assister aux moments sportifs : le Tournoi de tennis avec raquette à propulsion (Étasuniens, Tchèques, Australiens, Suédois, bien entendu Français) ; l'arrivée de la Traversée individuelle de l'Atlantique en sous-marin de poche (pas besoin d'ouvrir les sas, ils passent par-dessous, débouchent droit dans le carénage) ; les « 48 heures de la mort » en jogging sur les pistes piétonnières (des comptoirs médicaux, fournis en remèdes miracles à base d'herbes du pays, sont installés tous les dix kilomètres) ; autant d'épreuves internationales, contrôlées par des techniciens sélectionnés dans le monde entier, par des confréries de non-natifs établis pour un long temps, qui vivent bien sûr entre eux, tous hautement qualifiés. Visiteurs, vous avez la possibilité de choisir la date de votre séjour culturel en liaison avec ces événements. Quand votre cargo s'en va, un autre le remplace. Les gens heureux n'ont pas d'histoire. Fermez la verrière.

C'est que, vous voyez, le désordre a toutes sortes d'apparences. Le désordre d'un musée vous déracine le ventre. Si vous pensez que Marie Celat tourne en intellectuelle, bon, je suis d'accord. C'était parabole soliloquée, où n'intervient ni grand plant ni la plus petite herbage. Je suis d'accord : si c'est pour divaguer comme ça, autant vaut ne pas réveiller la chose à venir. Je suis d'accord, les donneurs de leçons préparent les musées où d'autres seront affichés. Mais alors, pourquoi je rêve le rêve du géreur sans arrêter ?

« le mahogani monte à la corée du ciel ! le bois craque les branches flèchent     chiens lapidés          il va plus vite que le sang qui déborde la balle          les cosses cassent le bourgeon jaillit je chavire          pousse avec le plant mes yeux tombent au firmament          vois les lumignons en bas comme du riz dans du café   il monte          il monte je suis plus grand qu'un soleil il monte          tout est ordonné la canne argentée le plantin doré  Adoline est sortie de terre ! elle convoque les esprits          un chien à corne un bœuf sans poil une bête trop longue          elle chante sans voix bakala rélé bakala rélé          ils commencent de manger le plant je tombe ohoho          la branche casse Adoline arrêtez elle rit sans rire   je glisse dans le blanc comme un enfant à renverse... »

Vous admettez pourquoi je me méfie ! Quand je vous dis que j'aime autant raconter à mots carrés ! A mots choisis, la cadence me prend, je tombe dans le gros feuillage, voyez, maintenant le rêve me remplit

181

tout éveillée. Il y a une autre raison pourquoi je veux raconter tranquillement. Mathieu revient dans le pays. J'exerce mon corps à cette manière ordinaire, pour le dérouter. Il admire la parole stylée, il réfléchit que les mots de vous ou de moi sont dévergondés. Il aurait apprécié comment je rêve le rêve du géreur, en littéraire. Alors je prépare mes mots grosso, pour démonter le revenant. C'est la raison que j'ai annoncée.

Mathieu revient dans le pays, je ne sais si c'est pour un long temps. Il connaît, comme tout un, que nous pratiquons cette façon longue monotone sans fin d'aller au bout de nos histoires. Une seule respiration. Allons bon, voilà que je repars dans les grands effets. Ce qu'il faut bien comprendre : il est tout à fait capable d'applaudir à ma parole déshabillée, de me certifier que c'est là une manière directe d'entrer dans la voix de tous. Je l'entends déjà. Quand il veut, il vous prouve que vous êtes légende. Ou tout simplement que vous êtes crachat.

Je suis sûre qu'il ne rapporte pas avec lui la prétention du monde. Dans le temps les revenants prenaient des airs, avec des yeux qui étaient vagues solennels parce qu'ils avaient contemplé le tout-monde. Les demeurants inquiets posaient questions, interprétaient. Le rêve d'ailleurs était déposé comme une faveur par ceux-là, reçu par ceux-ci comme une aumône. Les lents bateaux pleins de lumière creusaient la distance. C'est fini ce temps. J'efface la mer qui les a charroyés. Nous embarquons dans les avions, nous regardons la télévision. Nous connaissons avec nos yeux notre corps tout de suite sans désemparer la neige Pont-à-Mousson la Cochinchine la tour Eiffel.

Je ne veux pas me rappeler le temps de Mathieu. Personne ne savait ce qu'on vivait, comme on vivait. Pas la peine de déterminer qui a passé la rèle, en laissant l'autre derrière. Si je revois Mathieu, je saute sur ses épaules. Non, je lui tends la main je dis : « Comment allez-vous, Mathieu ? » Non, je commence la bamboula, je déclame : « Mycéa, vous êtes plus douce que caramel, que faites-vous avec ce petit Mathieu ? »

Il me semble en ce temps, la légèreté n'était pas d'herbage. Je n'avais pas encore supporté le poids de nuit des grands plants, où était plantée la case du commandeur. C'est vrai que les navires ne traversaient plus nos nuits. Mais la légèreté venait d'un vent des mornes qui s'était dégagé de Malendure, qui n'avait pas encore buté dans les Cités aménagées. Aménagées pour le malheur des jeunes vagabonds chômeurs à quarante pour cent. Voyez-vous cette légèreté alentour, prenez-la dans vos mains, elle est pour disparaître. Je ne veux pas me rappeler. Mathieu revient, le temps d'antan tombe dans le jour d'aujourd'hui.

Quand Odono dévalait les plaques de ciment de l'allée pour dévaster d'un coup ma salle à manger, je ne savais pas. Que le seul vrai sujet, c'est les herbes, ennemies des grands plants. Que les femmes les hommes les jeunes garçons de dix-huit ans ne paraissent là que pour certifier les herbes. Je vais barrer ma tête pour m'empêcher de retomber dans la cadence, dans les phrases jolies. Je vais m'entêter pour mettre un mot bosco sur chaque barreau de cette grille, sur chaque assiette où on mange, sur chaque tombeau qu'on fleurit. Sur toutes les choses sans grandeur ni vanité. Un mot une herbage. Un herbage une parole.

Ma fille Ida veut raconter tout ça.

— Je lui dis : « Ida vous n'aurez pas la force. Pensez, dans cette maison trois sur quatre qui dansaient résonnaient vivaient sont partis, sans compter Patrice. »

— Elle me dit : « Regardez, manman, comment pouvez-vous croire qu'il s'appelait Mani, qu'il a fait toutes ces choses au moment même où le fameux Marny a mis à feu le quartier Sainte-Thérèse, que c'est par hasard ? »

— Je fais remarquer : « Sans compter que c'est au moment même où votre frère Odono... »

— Elle me dit : « Mani n'est pas son nom officiel, c'était surnom de voisinage. Vous n'avez jamais connu les noms d'État civil. Seulement Mani, Filaos Casse-tête, L'enfant des marins. Je vous interroge : Qui a donné les noms ? »

— Je dis à Ida : « Ida, vous ne voyez pas que c'est pour nous troubler. Pour effacer les traces. Pour dédoubler votre vision. Pour ajouter au désordre. On a choisi deux désodeurs ensemble, pour représenter tous les autres. Qui, on ? Qui donne les noms ? Peu importe. Pas un ne saura qui est le vrai qui a fait ça. Marny qui a bataillé son combat, ou Mani qui est au début tout comme à la fin du mahogani ? »

— Ida saute en l'air, elle crie : « Marie Celat vous êtes le pur esprit ! Je vais travailler sur l'affaire. »

Comme si c'était une affaire.

L'herbe est terrassée de lutter, elle soupire sa faiblesse entre La Dillon Balata, par où va passer la rocade. On ne sent plus la légèreté dans l'air ni dans les corps des habitants, ni même le poids de nuit des grands plants, qui avait tiré la légèreté. C'est maintenant un bon désert bien aménagé. Le silence n'est pas propice, la poussière n'est pas fertile. L'herbe saute sans que vous voyez, elle trouve des endroits secrets où elle profite. Ça c'est la vraie affaire. Il y a des recoins où vous n'avez pas idée. Je dis à Ida de chercher par-là, au lieu de consulter les registres des rues pour trouver un nom. Moi aussi, j'avoue, je préfère les herbes détrempées d'eau de ciment sur les bords de ville ou d'autoroute.

Ces herbes-là me font pleurer, tellement elles sont têtues pour vivre. Ce qui m'impressionne, elles ne me rappellent pas Mani, elles me ramènent au géreur. Une herbe, ça doit être une enfant, un jeune homme, même s'ils sont rétifs abracadabrants. Pas un nègre sauvage bouffi. Mais c'est bien au géreur que je songe alors. On n'a jamais trouvé ce qu'il pensait posément, dans les temps avant qu'il cale son gros orteil sur la gâchette de ce fusil. On suppose : il était bien comique, à plaisanter ainsi avec les femmes derrière les cloisons des cases. Il fallait toujours qu'il trouve une plaisanterie à faire avec Tigamba ou avec un gendarme désarmé. Peut-être avait-il accepté le déménagement de la terre ? On ne me retirera pas de la tête qu'il tombait de plus en plus dans la désolation. Il cherchait quelqu'un à combattre ou à détester privément, il ne trouvait pas. Ou, dans sa folie, quelqu'un qui aurait choisi de courir avec lui dans le marronnage ? Il ne trouvait pas. Vous êtes toujours seul dans les bois.

Je connais l'affaire, j'ai traversé les bois. Souvenez-vous, ma tête balançait dans tous les coins des grands plants. Je suis montée dans un, le plus gros parmi les autres, je suis tombée à la renverse. Je rêve le rêve du géreur. La destinée a fait ce rêve pour nous deux, sans commencement ni fin. C'est là que je l'ai rencontré. Dans la hauteur de firmament embranchée sur la dernière feuille.

Il n'avait personne à détester véritablement. La terre tout alentour était un désert pour cette détestation-là. Il a pensé : « Il n'y a que moi Maho. » Alors il a détourné sur sa tête le poids de son courroux. Il ne pouvait plus supporter le soleil ni la pluie. Même quand il descendait Malendure, l'eau de la mer ne rafraîchissait plus ses pieds. Il mettait trop de temps à remonter dans les vonvons les moustiques. Il regardait trop longtemps la vague sur l'horizon.

Comment voulez-vous, il fallait bien qu'il commence à se détester. Non seulement. Il voulait qu'on le déteste aussi sans répit.

Il entrait dans les maisons au moment du repas, il s'asseyait à la place du père de famille. Son coutelas bien en travers de la table, le revolver à sa ceinture, le fusil sur les genoux. Il mangeait avec ses mains comme une bête, sans se laver ni avant ni après. Les femmes les enfants priaient le Ciel sans ouvrir la bouche. Les maîtres des cases pleuraient de subir l'humiliation. Il repartait sans remercier, espérant un bon coup pour mettre fin à la ronde. Mais il savait qu'il aurait à le faire lui-même. Pas un n'irait consentir à lui rendre ce service. Ils avaient peur, mais au grand jamais ils n'auraient touché un cheveu du géreur marron. « Pourquoi agissez-vous ainsi, monsieur Maho, tout ce qui est ici vous appartient sans retour. » Il savait qu'il lui faudrait le courage dans l'occasion.

Mon amitié est avec le géreur, ma pitié avec Mani. Je ne suis pas constituée pour connaître l'histoire de Mani : C'est une affaire des jeunes d'aujourd'hui. C'est pourquoi ce qui suit ne peut être étudié que par ma fille Ida.

Quand Odono entrait dans la maison, les herbes du jardin commençaient à chanter. En ce temps-là, voyez, je ne faisais pas attention. Quand vous avez fréquenté les grands plants, vous ne comprenez pas tout de suite les misères ni les bonheurs des petits herbages. Tous ces jeunes gens allumaient un tel boucan. Ce qu'ils appellent la musique tombait sur vous comme une bombe. Il n'y a rien à faire que de prendre votre tête dans vos mains. Vous ne pouvez pas écouter autre chose que ce carnaval. Ni la branche qui tombe ni la branche qui fleurit. Je restais là dans le boucan à regarder la cloison. Patrice secourable venait s'asseoir à côté de moi. Patrice est toujours là quand je songe à Odono.

# *Ida*

Marie Celat, vous avez beau dire, Ida entre en bonheur.

C'est m'en fouté si les grands plants ont perdu la bataille, écoutez tous, ni si les petits herbages vont pour périr dans le goudron, il y a une manière de commencer à vivre, vous ne pouvez pas à chaque fois tirer en arrière, écoutez, je déborde comme ravine, un plaisir qui n'a pas de cause, je gonfle par en haut de la tête, mes bras balancent dans un grand vent, mon corps lève comme un bouillon, je vais chavirer encore.

Ce n'est pas vrai si vous clamez que le pays est en train de chagriner dans sa peau. Il y a un endroit dans vos corps où les grands plants rencontrent les herbages, c'est là que vous labourez. Même si la terre est éclaircie, elle a coloré vos mollets. Même si vos maisons sont plus laides stupéfiées qu'Adélaïde, vous couchez bien dedans. Peyi-a bel, i bel. Même si vous collez vos voitures l'une contre l'autre sur la route de l'aéroport, vous êtes assis dans vos voitures.

Tout alentour, vous n'avez pas réussi à calamiter la terre. Elle ne résiste pas même, elle se contente d'être là. Quand vous prenez par la route du François, vous voyez la crête de Morne-Pitault. Le vert en velours qui noie sa clarté dans le nuage bleu. Ils flottent souvent dans un arc-en-ciel. Voulez-vous dire si ce n'est pas beau ?

Ida chante à tout jamais. Un grand bonheur a gravi dans mon corps, il a plané sur ma ravine, je promène dans la mélopée, ma voix hausse. Depuis le temps, j'apprends à dépasser le temps, à courir en avant à partir de ce point d'où tout est parti, si loin derrière nous, si près de nos tourments. Alors, sans pouvoir même ignorer, ni commencer d'apprendre à oublier, je pense à mon frère Patrice, à mon frère Odono.

Mathieu dirait, dans son langage soupiré, que l'enveloppement du bonheur est fragile, que les morts ne peuvent pas y entrer. Deux jeunes gens qui reviennent pour vous dire que l'enchantement n'est pas un tronc énorme ni une herbe menacée ; c'est le voile éphémère dont nos misères sont entourées.

Quand j'ai connu Mani, je suis restée folle de peur. Je disais : « Odono, vous avez tort de le fréquenter, ce garçon est un morceau de la catastrophe à vif en rotation autour du monde. Patrice, conseillez-le. » Il me regardait, c'est-à-dire Mani, comme si j'étais du bois flot qui coule sur la Rivière Madame, dans les ordures les déjections. Puis il souriait si brusquement que vous en arriviez à trébucher net. Vous avez envie de lui parler, vous vous arrêtez au bord de chaque mot. Ses yeux trop clairs pèsent sur vous comme les paupières d'une statue. Alors il bouge en éclair, plus vite qu'une anguille de mer, il vous attrape par l'épaule, il chante : « Ida, vous êtes ma sœur. » Vous restez là frappée, plus inexistante que le nom de voisinage d'Odibert.

Son véritable frère, c'était Filaos Casse-tête. Mani, si méfiant envers qui que ce soit, ne peut s'empêcher de ramollir sa carapace quand il s'agit de Filaos. Il avait pris sous sa protection le grand corps effilé de Casse-tête, dont il ne supportait pas une absence trop prolongée. J'ai appris tout ça quand j'ai voulu comprendre ce qui s'était réellement passé. Personne alentour ne se doutait, ma seule information a été L'enfant des marins, plus quelques passants qui ne savaient qu'une partie des choses : un soldat de la caserne Gerbault, qui était le seul du pays à s'être trouvé sur les lieux ; l'amie de Mani, dont celui-ci proclamait à tous coups qu'elle n'était pas l'Annie de Mamie ; un pêcheur de Sainte-Anne, qui avait l'habitude de passer des clients à Sainte-Lucie. L'enfant des marins me décrivit comment Mani les avait pris en charge, Casse-tête en priorité, lui L'enfant par voie de conséquence.

« Vous ne pouvez pas imaginer comment il nous protégeait. Pas un major de quartier n'aurait pensé nous embêter. Filaos soupirait : " Mani, je suis assez

grand pour m'occuper de mon corps. " Il répondait :
" Filaos qui prend le vent ne connaît pas ce qui passe
à ses pieds. " C'était le poulet frites, la bière le pepsi,
le cinéma, le zouc, les virées en communes, sans
arrêt. Tous les soirs, le samedi le dimanche. La
banque universelle. Jamais à consentir que les
autres paient. Il travaillait dans n'importe quoi pour
trouver de l'argent. — Quelques petits vols aussi de
temps en temps n'est-ce pas ? — Jamais de jamais. Il
disait : " Mani prend son envol qui n'est pas de vol. "
On lui proposait, des affaires faciles, des autos des
villas, les autres criaient en sourdine : " C'est parce
que vous avez peur ", il regardait à travers vous sans
répondre.

« Il disparaissait, aussi sans avertir. Annie-Marie
affolée courait partout. Je savais où il était. Quand il
disparaissait tout d'un seul coup, c'est parce qu'il
avait trouvé encore une de ces vieilles chambres
déglinguées, une pièce à l'abandon, soit à la Pointe
des Nègres soit dans la campagne en allant vers
Saint-Joseph soit en bas du Lycée ou en pointant sur
Schœlcher. Un endroit sans plancher, ou alors tout
défoncé, avec des trous dans le toit, des tôles qui
pendent, des bêtes qui rampent partout, la poussière
comme un couvre-lit, la suie les poules-bois en lieu
d'ornement, alors il était satisfait. Il partait à driver
toute la journée, il rentrait au soir. Il dormait par
terre, peut-être qu'il réfléchissait tout seul. Il regardait le ciel de nuit par un morceau du toit. Entre-
temps il allait se laver dans une des fontaines qui

existaient encore, il les savait toutes, ou dans un coin de rivière à l'abandon ou sur la plage du Lido. Il restait là des huit ou quinze jours, jusqu'au moment où son linge ne pouvait plus supporter. Il revenait dans son entourage, sans l'air de rien, il allait prendre une coupe chez le coiffeur, Annie-Marie dévalait la Savane comme une bienheureuse.

« Il recommence à exiger qu'on le rencontre chaque jour, comme s'il n'était jamais parti. Casse-tête se cambrait, que nous aussi on avait besoin de nos retraites, de dire nos neuvaines. Mani riait, il faisait le saut périlleux trois fois.

« Odono posément déclarait : " Laissez Mani tranquille, il a droit de pratiquer comme il veut. " — " Pratiquer quoi ? " — " La débandade organisée. " Il faut reconnaître que si Mani était obstiné à protéger Casse-tête, aussi bien il tombait en admiration devant Odono. — Pourquoi ça, en admiration ? — Pourquoi ça ? Parce qu'il ressemblait tellement à madame Mycéa. — Qu'est-ce qu'elle vient faire là-dedans, madame Mycéa ? — Pardonnez-moi, mademoiselle Ida, madame Mycéa connaît des choses que nous ne savons pas. Mani disait qu'elle avait fréquenté, elle aussi, les maisons en branlebas, les planchers pourris, les cases sans loquets, les grabats sans sacs ni paillasses. Respiré la poussière, lavé son linge dans les dallots. Pourtant elle connaît tant de choses.

« Ils sont partis un matin sur le chemin du Pavé, ils ont déclaré : " On a une expédition, L'enfant des marins ne peut pas participer, nous revenons à midi pile. " Ils, c'était Mani, Filaos. Mais je ne les ai pas revus vivants l'un l'autre en même temps. Mani est reparu, il a épelé devant moi : " Tout ce qu'on dira sera extrait de mensonge. Maintenant je vais disparaître pour de bon, ne me cherchez pas. On ne peut pas jeter un Filaos comme on jette un sac de déchets, de haut en bas de Trénelle, à six contre un. L'enfant, un de ceux-là va payer, c'est le chef. Puis combien d'autres après, si je peux. " Sa voix est basse comme un trombone, sa respiration comme un moteur deux temps. Lui non plus je ne l'ai pas revu vivant. Je ne l'ai pas revu du tout. Mademoiselle Ida, pardonnez-moi, c'était juste au moment qu'on a rapporté votre frère Odono. Le lendemain on a trouvé Filaos, mort dégingandé. L'enquête est en cours il paraît, depuis un an presque. Comme il paraît que vous donnez un coup de main. A moins que vous prétendez devenir reporter à retardement. C'est pas vrai ? »

Qu'est-ce que je pouvais répondre ? J'ai continué ma formation, l'instruction qui me manquait, auprès de ce jeune soldat sans réflexion. L'idée avait poussé en moi qu'entre Trénelle, le Pavé, la caserne Gerbault, forcément c'était une question de soldats. Celui-ci était assez bien bâti, mais on voyait que la caserne avait grossi sa chair sur un squelette qui était resté sec. Il venait de la campagne de Basse-Pointe, il n'était pas assez malin pour que les autorités aient pris la précaution de l'envoyer à Pau ou en Allemagne. C'est pourquoi il était affecté à cette section, avec tous ces jeunes gens du contingent qui arrivaient de France. Mais je ne sais pas, on découvrait une dimension entre nous, sans doute j'ai les yeux aussi calmes ou la voix tout autant familière. Je lui ai demandé s'il savait quelque chose de plus que ce qu'on avait vaguement dit dans le journal. Je faisais semblant d'être au courant de tout. De tout quoi ? « Je ne sais pas même bien le numéro de ma compagnie, dit-il.

« J'étais avec les jeunes zoreilles, ils parlaient bas, je n'essayais pas d'écouter. De temps en temps quelques mots éclataient. Rendez-vous avec ces pignoufs, on va leur montrer. Ils m'ont dit tout court : " Restez là, nous avons à faire. " Ils sont partis dans la descente du Pavé, ou peut-être dans les traces au-dessus de Trénelle. Je gardais la pièce de mitraillette, les bardas, nous étions en petite manœuvre. Le maogis chef était parti avec eux, tout ce que je pouvais faire c'était obéir. Ils sont revenus agités, comme contents stupéfaits. Bouillonnants on aurait dit. — Ils étaient gentils avec vous ? — Moi ? Je ne compte pas, ni gentils ni mauvais, personne ne fait attention. — Pourquoi donc vous me racontez ça, ce jour-là, si précisément ? — Parce que vous m'avez demandé. J'ai réfléchi, quand on a trouvé le corps désarticulé. Tout le monde passe sans me voir, ça ne m'empêche pas d'observer. — Mais vous n'avez rien dit. — Tout comme vous, mademoiselle. Vous voulez savoir, pour votre information, mais comment vous allez dire sans aucune preuve, à qui, dans quelle intention ? D'autant que trois jours après on a trouvé le corps du maogis, dans la même position, dans le même état. Alors là les officiels ont bien monté le vide, bâti le silence. C'était facile, avec l'affaire Marny qui commençait. Les autres jeunes ils avaient tellement peur qu'ils ne seraient pas sortis à vingt-cinq ensemble. D'ailleurs tout le monde était consigné, je suis resté à la caserne un mois sans passer la grille. On m'a laissé tranquille, je faisais le demeuré, vous comprenez, à quoi ça sert de jouer les informés. Depuis le temps qu'ils disent les nègres sont sans principes, pleins de superstition de méchanceté. Sans compter frivoles, qu'ils ne pensent qu'à coquer, sauf le respect que je vous dois. Pour une fois qu'ils avaient un qui ne savait pas même reconnaître la couleur du jour. Je les ai encouragés.

« Je veux remonter à Basse-Pointe, mon père a sept pieds de letchis, ils rapportent tous les deux ans, on dit que les Américains sont d'accord pour acheter la récolte sur pied, il faut savoir à qui s'adresser. Est-ce que vous croyez que je vais éclairer la vérité moi tout seul, ou bien vous, quand tellement d'officiels des deux côtés ont décidé que non ? Je suis pas mal doté pour l'apparence d'abrutissement. Comment êtes-vous tombée sur moi ? Vous avez la divination, ou bien vous interprétez les feuillages dans le petit vent ? »

Il n'était pas si dépassé qu'il paraissait ; quant à moi mon instruction allait trop vite. Quand il est si facile de grossir les milans (qui sont nouvelles bien surnaturelles) colportés aux quatre-chemins, il devient plus rapide encore d'éclaircir la vérité cachée. Mais la vérité cachée, quand même éclaircie, ne remonte pas au jour comme un doux soleil derrière la crête. C'est ce que m'a expliqué Annie-Marie, la fois que j'ai fait mine de la rencontrer par hasard, de commencer à parler de Mani par goût de la fatalité.

« Ne me demandez pas de parler de ça, mademoiselle Ida ! Mon corps est tout retourné depuis le temps. Il avait beau être méprisant comme un chat-tigre, c'était mon penchant fatal. Je criais : " Madame la lune, prenez mon corps pour porter Mani jusqu'à vous avec mes reins mes épaules ! " Quand il faisait déclaration : " Je suis Tiboi, mère de ma mère, je suis Tiboi mais grand balan ! " — Je répondais au loin : " Je suis Tiboise à jamais ! " Seulement que cette mère de ma mère ne m'aimait pas, absolument. Toujours à dire à Mani : " Qu'est-ce que vous trouvez dans cette dévergondée à cheveux dénattés ? " Elle ne pouvait pas savoir ce qu'il trouvait !

« Mani, c'était les tétés. Je peux vous dire, on est d'amitié vous et moi. Je ne comprends pas les hommes avec les tétés, moi ça ne me fait rien de rien, vous pouvez toucher, mademoiselle Ida, ça ne me fait rien, pas un petit bougement. On est entre nous.

197

Mani ne pouvait pas rester tranquille, faut toujours qu'il essaie de prendre un dans ses deux mains réunies, il n'arrive pas, il déclame : " Ça c'est un zabricot ! " — alors je m'arrange pour que sa main touche derrière mon cou, là c'est le bacchanal !

« Sauf pour la dernière fois, voyez-vous ça, il n'a pas même regardé par en haut, c'était tout de suite raché pilé crasé, je crie : " Mani Mani laissez un peu pour la prochaine fois ! " Il dit " Il n'y a pas de prochaine fois ! " Il dit " J'ai cassé le deuxième, les autres sont consignés. " Il dit " La prochaine fois est dans les bois. J'ai cassé le deuxième avant même qu'ils décident de fermer les grilles. " Ma voix sort sans que je pense : " Mani, ne me dites pas que vous avez fait comme Marny, massacré des gens et des gens ? " Il dit " Je fais comme Mani. Je n'ai pas besoin d'exemple. " Il dit qu'il faut qu'il me quitte. Il ne regarde ni à droite ni à gauche. Ses yeux sont dérivés, sa parole est révulsée. Je ne vois pas même quand il est parti, je cours en catastrophe pour suivre sa trace. Je suis sa trace pendant les sept jours.

« En ce temps ce fameux Marny a mené son carnage, tout le monde prend derrière lui pour le secourir, pourquoi c'est toujours les hommes, mademoiselle Ida ? Pourquoi une femme matador ne peut pas couvrir la trace ? La radio, le journal, le Saint-Office la sainte Église, Fort-de-France en ébullition, Marny en marronnage. Vous savez tout le monde l'a aidé, les femmes déposaient le manger, mais qui donc était pour aider Mani, pourtant leurs noms étaient presque pareils. Dans toute l'agitation, pas un ne savait. Pendant ces sept jours je n'entends parler que de Marny, il a raison de venger son honneur, il a fait deux ans de prison pour ses complices qui l'ont trahi abandonné, même un délinquant a son amour-propre. On l'arrête, on l'enferme dans la prison, il s'évade comme Zorro, c'est la vraie beauté. Mais moi je trace après Mani. Lui aussi est un délinquant, même peut-être un assassin. Qui connaît ses raisons ? Qui a parlé pour lui ?

« Il est descendu, côté Vauclin Sainte-Anne. Je casse mon corps dans les roches de Cap-Macré, de Cap-Ferré. Je le perds dans les environs de Cases l'Étang. Je le retrouve dans la ravine de La Palun. Vous ne croyez pas c'est comique, Marny Maho Mani ou no ou ni ? Comme si c'est un désordre dans votre tête ?

« Tout ce désordre dans le quartier Sainte-Thérèse, quand ils ont tiré sur Marny alors qu'il levait les bras pour se rendre. La boutique en feu, les barricades à l'entrée à la sortie, les flambeaux dans la rue sans ampoules, cinq jours dans l'émeute la révolution. Moi je cherche Mani, je peux entrer je peux sortir, le peuple fait la loi, je descends Trénelle, je navigue à Volga-plage, comment il a fait pour me dérouter ainsi, depuis deux jours je l'ai perdu, pourtant j'avais marché devant lui pour déposer des quarts de pain avec la morue frite, je suis sûre il savait que c'était moi, j'avais marché derrière lui pour vérifier s'il avait mangé, je ne connais pas ce qu'il a fait ni pourquoi, je ne vois plus ni Filaos Casse-tête ni L'enfant des marins, mademoiselle Ida je ne savais pas, à ce moment-là je ne savais pas, tout juste une inspiration, le peu qui reste dans ma tête est pour le chercher, je passe les barricades, il faut embrasser les majors c'est le droit de passage, je traverse la fumée, je tombe dans le vacarme la débandade, je remonte Trénelle, Annie-Marie venez avec nous le peuple commande, je crie laissez-moi j'ai une commission à faire, il faut que je trouve Mani. — Qu'est-ce que vous racontez, Marny est à l'hôpital Clarac, ils vont l'opérer, ils ont intérêt, parce que s'il est mort c'est la mort pour tous.

« Qu'est-ce qu'il a fait pendant ces deux jours, je vais vous dire, il a essayé un troisième, deux ne suffisaient pas. Je l'avais observé pendant la descente sur Vauclin, il appuyait sa tête contre l'air devant lui comme si c'était une muraille, pour réfléchir. Il prenait les chemins découpés, on voyait bien qu'il était en marronnage. Mais une puissance le rabattait vers Fort-de-France, vers Trénelle. J'aurais dû me méfier, Mani était spécialiste en disparition. Pour cette fois, je ne vois pas même dans quelle cabane il a pu serrer son corps. Je déambule dans la révolte, la fumée, l'égarement. Jusqu'au moment où je rencontre sa grand-mère, vous savez, cette mère de ma mère qui n'aimait pas les cheveux dénattés. C'était pendant un moment d'accalmie, tout le monde disait qu'en fin de compte Marny n'était pas mort, ils allaient l'embarquer dans un 747 pour France, le feu couvant commençait à baisser dans Sainte-Thérèse, les partants par avion prenaient la route libre de l'aéroport, les gros troncs étaient alignés au long des trottoirs, vous n'avez jamais vu autant de débris rassemblés éparpillés, il ne restait là que les derniers festivants de barricades, toute la marmaille alentour de la boutique brûlée, Annie-Marie avec la fatigue de trois cents ans sur sa tête. La grand-mère s'arrête bien en face de moi, elle me dévisage des orteils aux cheveux dénattés, elle dit sans crier : " Annie-Marie, Mani est décédé. "

« Elle ramasse sa robe madras sur son bras gauche, vous vous rendez compte il y a encore des gens qui portent des robes madras dans la rue, elle tend la main, me touche sur le front, sur la bouche, elle me donne l'extrême-onction. Là je pense : " Il a fallu qu'elle le trouve avant moi, depuis Case-Pilote elle descend, il a fallu qu'elle le trouve. " Alors comme un coup de pétard qui éclate, je mesure dans mon corps ce qu'elle a dit.

« Je retombe dans le désordre, l'errement. Cette fois c'est en moi, là où je démesure cette parole-là qu'elle a dite. Cette mère de ma mère passe tout droit, elle est venue seulement pour allumer le coup de fusil sur moi. Ou peut-être pour partager la souffrance avec quelqu'un qui est assez loin pour mesurer-démesurer, assez près pour participer. Vous savez comment c'est ; grand-maman, parfois c'est plus que maman tout court. Je ne l'ai pas revu, je ne sais pas même où son corps a été enterré, si je vous dis que je n'ai jamais rencontré la grand-mère. Les hommes viennent, les hommes passent. Tété douboutt sé pou an tan. Tout ce qui reste dans ma tête maintenant, c'est le rêve de Mani, combien de fois il me l'a raconté, le voici, quand je vous le rapporte peut-être il soulage mon cerveau.

« Mani voit que le gros acajou est monté mais qu'il va tomber, ou bien c'est le mahogani, ou le fromager, ou l'acoma temps anciens. Les trois animaux sont assis autour, à converser : le bœuf sans poil, le chien à corne, la bête-longue. Il crie : " Aidez en grâce, ce plant-là va tomber. " Les animaux rient, comme au salon : " I kaï tonbé ! " Mani saute sur le bœuf sans poil, il prend le chien à corne comme une bêche, il plante devant le tronc, il attache la bête-longue à une branche, " je peux toucher une bête-longue ", il amarre sur une roche pour tenir le plant, il ouvre le bœuf sans poil il répand la peau tout alentour sur le pays, il chante " Bakala rété, Bakala rété ", le plant reste droit il est droit dans le nuage, avec toute l'eau de source alentour, mademoiselle Ida. »

Je devais donc descendre côté Vauclin, pour finir, voir si quelque chose avait bougé dans la mer.

C'est ainsi que je rencontre maître Palto, nous parlons le soir devant sa maison, droit sur le sable. Il m'appelle la Foyalaise, mais c'est sans mépris. Il ne me confond pas avec les vacanciers pétillants de Sainte-Anne.

« Pour moi c'est un mystère. Je suis là tout interdit, entre ces deux jeunes égarés. Le premier me dit qu'il veut passer la mer. Je fais mon prix sans faiblir. Un gommier c'est raide à entretenir. Une nuit à Sainte-Lucie c'est autant de perdu pour la pêche. Il faut dire, la pêche ça ne donne pas beaucoup, le poisson est allé vers l'Afrique en suivant la route du plancton. Vous saviez ça, la Foyalaise ? Mais enfin une nuit c'est une nuit. On est d'accord sur le prix, je ne demande pas d'explication. Je donne rendez-vous au Cap des Anglais, il me déclare tout assuré qu'il veut partir de l'Anse Baham. L'Anse Baham c'est plein de courants traîtres, si on choisit l'Anse Baham autant dire qu'on ne veut pas partir. De proche en proche j'attends au Cap des Anglais de six heures du soir à neuf heures, je rentre, les amis tous les camarades me font la fête, maître Palto vous allez à la pêche de nuit. Je médite sur le désarroi de la jeunesse qui ne sait pas ce qu'elle veut.

« Le lendemain, c'était l'autre. Tout aussi usé par la route, les pluies, le sec de soleil. J'étais prédestiné par ces deux-là. Je ne devinais pas que le motif était le même. Le bruit des désordres avait fondu jusqu'à nous, mais comment imaginer que l'affaire se répétait ainsi ? Je suis là pour conduire mon bateau, pas pour interroger les passants. Celui-là me demande de le prendre à Malendure, comme une cargaison avariée. Malendure, les rochers sont à flot. Je lui explique, il reste là qui me traverse avec ses yeux trop clairs. Il dit : " Vous savez une chose, il y en aura d'autres après moi. " Je réponds : " D'autres qui ? D'autres quoi ? " Il me regarde tout aussi vaguement. Il dit : " Je serai dans Cases l'Étang, si vous changez d'avis. " Comme si une personne raisonnable irait chercher un passager dans ces parages-là. Nous restons un bon moment, comme statues. Il se détourne à la fin, sans décider ni oui ni non. Il avait l'argent dans la main, pour bien montrer qu'il est capable. Je ne cours pas derrière. Maître Palto n'est pas Crésus, mais sa parole fait foi.

« Mon idée me dit qu'ils étaient en offense avec la mer. Ce n'est pas n'importe quoi, le Canal. On croit que la mer vous porte, en réalité ça vous guette. Ils ont regardé la ligne au loin, les nuages couraient, on ne voyait pas Sainte-Lucie sur l'horizon. L'homme recule devant l'inconnu. Je regrette bien, je les aurais convoyés l'un après l'autre sans problème. A l'heure qu'il est, ils seraient à graissoyer sous les cocos là-bas. Aujourd'hui l'un est disparu à ce que vous me dites, son corps est à la dérive dans un courant inconnu sous la terre ; l'autre, le premier, il apprend à connaître les prisons de France, il mène son combat dans une ronde sans fin, les courettes à l'ombre, les quartiers disciplinaires, le soleil couché pour toujours, par ici tout le monde parle de lui, tout le monde l'oublie déjà. Qu'est-ce que vous pensez, Foyalaise ? »

Maître Palto, c'est seule conclusion discernable, j'avoue ! Mais la morale de l'affaire avait été prononcée par Félicité Bienvenu. Félicité c'est son prénom, Bienvenu est le nom de famille. De nos jours il arrive qu'on ne pense plus à fournir un nom de voisinage. Félicité avait demandé, c'est ce soldat vous vous souvenez, comment il serait possible de révéler quoi que ce soit ? Il avait raison. Deux explosions se neutralisent. Ce qui avait paru dans la ville, grandi dans la rumeur publique, barrait ce qui s'agitait dans l'inconnu irréparable. L'actualité de Marny refoulait au plus fond l'obscurité de Mani. Celui-ci était allé au bout de sa solitude : redescendu à Fort-de-France, il avait traversé l'émeute sans arrêter, cherchant moyen d'entrer dans la caserne. S'il s'était fondu dans la masse en ébullition à Sainte-Thérèse, pas un traceur n'aurait eu le toupet de l'attaquer. Mais il a continué. Trénelle était désert, le Pavé était désert, la foule unanime bouillonnait à la sortie de la ville, à l'endroit même où Marny avait été abattu sans sommation, après qu'il eut levé les mains. Mani est entré seul dans ce désert, simplement parce qu'il estimait qu'il devait essayer encore. C'est là qu'il a disparu pour toujours. Vous pouvez remuer l'État civil, demander des recherches dans l'intérêt des familles, écrire aux autorités, susciter des pétitions. Petit en petit le silence s'amasse, le temps grignote. Le temps s'enroule, l'embrouillamini embellit.

Ainsi n'ai-je pas réalisé si c'était le hasard qui

avait désigné leurs deux noms ou si, dans la réserve désordonnée de patronymes qui avait été amassée à notre intention, une même appartenance ne s'était pas décidée depuis longtemps pour certains, dont ils étaient. Il existait peut-être un endroit où la nécessité sans retenue faisait rejoindre ou confondre les noms de voisinage avec les noms d'État civil, la parole publique avec l'appellation inspirée.

Marie Celat, ma mère, c'est à vous que je le dédie. Parce que vous avez concentré dans votre tête tout ce que nous avons éparpillé avec nos mains sans souci, tout cela que nous avions peur de tenir amassé contre nos corps. Ce qui vous à portée si profond dans la terre, que vous semblez une exilée loin de nous. Mais je vous dis, Mycéa, je ne peux pas descendre avec vous, il y vient trop pour moi, seulement alentour seulement là tout près seulement en tendant la main. Je vous parle si souvent mon histoire, pas besoin de l'écrire, pas besoin de tourner le cap, il y a Mathieu s'il en a envie, ou son ami notre ami le délégué aux calligraphies. Il faut bien que certains chantent, sans se préoccuper d'autre signe. Petit en petit, je suis montée vers Basse-Pointe.

Vous allez crier, on le savait déjà. Depuis le temps qu'elle nous fait remarquer, les mêmes yeux que le soldat, la voix aussi tranquille, il n'est pas si désabusé qu'il paraît. — D'abord il n'est plus soldat, heureuse du bonheur, il a sauté le temps de caserne pour toujours. Ensuite, il n'est pas si jeunot que vous

206

croyez ou que j'ai dit, c'est toute une complication son militariat. On avait perdu ses papiers, oublié de le convoquer, il est resté combien d'années tranquille dans la campagne, jusqu'au jour où la gendarmerie est venue l'arrêter. Il paraît que vous êtes censé connaître la loi. Il a fait son service en qualité de délinquant ou presque. C'était si comique inattendu qu'on l'a réputé ababa. Vous pensez, avec mes trente ans, je n'irais pas courir derrière un petit jeune. Sa peau est lisse comme sapotille, vous ne voyez pas s'il a quinze ou trente ans. A mon idée, plutôt trente. Quand un homme est si naturel dans l'apparence d'enfance, c'est qu'il a bien l'expérience de l'âge.

Je suis donc montée à Basse-Pointe. Je préparais des recherches dans le Nord sur les révoltes d'habitants au XIX<sup>e</sup> siècle. Il y en a tellement que ça vous décourage. Comment l'espèce a-t-elle survécu, révolte répression, révolte répression, déportation exécution. Je promène leurs noms dans ma tête pour les honorer, Jean-Bart Martine, Élysée Arc-en-ciel, Jean-Baptiste Agricole, Jean-Philippe Cyriaque, Léandre Lucette, Salomon dit Laboulique, Jean-Baptiste Simon dit Jacob. C'est les officiels, par exemple ceux de la Grande Anse du Lorrain en 1833. Ceux qui ont un nom, mulâtres, nègres affranchis. Les colons eux-mêmes, un monsieur Dessalles, en parlaient dans leurs écritures. Ne comptez pas recenser ceux qui n'ont jamais été inscrits sur un registre de justice, nègres des champs, passibles de procédure sommaire, leur nombre est infini, infini.

Une après-midi, à un tournant de cette route qui n'est qu'en tours ou détours, en venant de l'Ajoupa-Bouillon, juste avant le plat qui mène à Basse-Pointe, j'ai reconnu les sept letchis. Une ombre tamisée portait sur le chemin de terre qui bifurquait à droite de la route, marqué par un flamboyant à fleurs jaunes. D'un côté du chemin un garage bas pour une bâchée 403, de l'autre — au fond — la maison de Félicité. Plus loin, les letchis. Je dis que je les ai reconnus, vous comprenez.

Tout naturellement, Félicité Bienvenu est sorti au devant de moi, comme s'il avait attendu ma visite. Aussitôt, une autre parole, une autre manière de dire, sont venues dans ma tête. Chaque mot était une cérémonie, le temps passait entre les phrases, j'entrais au langage de l'endroit. Dans la maison, le père de la famille confirma cette impression, sa voix était flexible comme une rivière, son sourire brillait comme la lumière éparpillée autour de la source de l'Alma.

— Mademoiselle, soyez la bienvenue chez Bienvenu. Votre présence honore ma demeure.

Vous vous rendez compte, comme aurait souligné Annie-Marie, il y a encore des gens qui parlent fleuri. Je ne soulignais rien du tout, j'étais en plein dans la transformation. J'en venais à chavirer dans cette lumière d'eau, que je voyais donc partout tamisée, éparpillée, grappée dans l'air, sur les feuilles. Félicité ne pouvait faire autrement que de me montrer les letchis. Malheureusement ce n'était pas une année de portée, les gros pieds semblaient renfrognés dans l'ombre énorme qu'ils faisaient, rassemblés en cercle les six autour du septième plus petit. « Quand ils sont chargés, dit Félicité, les branches basses descendent jusqu'à terre. Celui-là au milieu n'a pas autant profité du soleil. »

Nous avons rendu politesse à des voisins, toujours avec le même solennel genre de parole. Ida faisait la fiancée avec une aisance timide. Un vieux travailleur, en haut d'un morne pas mal éloigné, venait d'acheter une fontaine lumineuse en albâtre, qu'il avait installée devant sa case sans électricité. J'étais furieuse, un démarcheur ne peut pas être aussi bandit, ces vendeurs à traite débarquent dans le pays, ils ravagent tout, ils vous font acheter un magnétoscope en prévision du jour où vous aurez la télévision, qui sera quand la ligne électrique aura parcouru jusqu'à vous. Félicité riait doucement de ma satanée colère, « il est content comme ça, il a le sentiment qu'il aurait mérité d'avoir l'électricité ». Je me suis calmée assez vite, pas moyen d'entretenir la contestation.

Cet homme, ou ce jeune garçon, Félicité, il me met en vertige. Je suis habituée maintenant à la façon de parler, j'imite assez bien, non non, ça me vient par nature assez bien. Je vois que quelque chose a été préservé, dans la difficulté la misère. Quelque chose d'irréductible, de chaud. Qu'on n'apprend pas, qui ne se transmet pas, qui survit. Voyez la jeune sœur de Félicité, Idylle, elle est si douce qu'on évite de la suivre des yeux. Quand je l'embrasse, de bon cœur, j'effleure à peine ma joue contre la sienne, j'aurais peur de la casser. Elle me prend par la main pour la promenade, je n'ose pas marcher trop vite. Il y a des jeunes vantards à la ronde, quand ils la rencontrent, ils saluent gravement. C'est en Martinique, en plein 1979. Je suis habituée, j'ai dérivé dans la douceur. N'empêche que Félicité, c'est à ne pas croire. Ou plutôt, à trembler de trop croire.

Un homme avec des manières de doux enfant, un égaré, assez fort pour supporter pendant deux années la vie d'une section de caserne où il est non seulement seul, mais seul à connaître ce qu'il vaut véritablement, assez déterminé pour ne pas tomber en combat inutile une fois qu'il a calculé que ce combat serait mort-né, assez instruit pour résumer n'importe quelle situation, assez clairvoyant pour décider qu'il reste dans sa campagne, qu'il relancera la production de sa terre, qu'il traitera la récolte par avance, qu'il cherchera des débouchés où il pourra pour les légumes, les mangues, les letchis — il vous entoure d'une lenteur délibérée, il fait attention où vous posez les pieds, il se déplace pour vous montrer un hibiscus. Un hibiscus, il y a des années que je n'en ai pas rencontré, ni un dahlia, ni un magnolia, ni une tubéreuse.

Voici comment je quitte cette histoire, avec la honte d'être la seule à qui le destin de Mani a profité. Mon instructîon est terminée. Mais la honte ne dure pas. J'entends Mani, comme si c'était hier : « Ida, vous êtes ma sœur. » J'avais peur, non pas de lui à la vérité, mais pour lui, pour la charge qu'il amassait sur sa tête, dont il n'aurait jamais pu se débarrasser. Quand je déborde en joie, aussitôt je pense à Patrice, à Odono, pour me ramener. Je pense à Mani. Plus personne, pas un pas une, pour remonter son corps au jour. Son nom n'est pas marqué sur les registres de justice. Où est la grand-mère ? Peut-être en France, avec une petite pension de l'État. Qui lui donnerait tort ? La plus forte douleur n'empêche pas les plus humbles acceptations. L'enfant des marins, qu'est-ce qu'il révélerait, à qui, pourquoi ? Il me semble que ce qui s'ensuit ne saurait être résumé que par mon père Mathieu.

De l'endroit où je me trouve, Félicité Bienvenu regarde tranquillement les champs argentés d'ananas qui au loin brillent comme des peaux de bête-longue aussitôt après la mue. Je ne comprends pas pourquoi cette idée de malheur me traverse en un moment pareil. Les ananas, c'est compliqué à traiter, seuls les colons peuvent, quand ils ne sont pas dans les garages, l'import-export, les Prisunics ou les hôtels. Félicité a regardé les grands letchis, je l'entendais presque réfléchir à vif : « L'année prochaine on aura s'il se trouve une récolte. » Je me raidis, je me reprends, « Ida vous n'allez pas tomber dans la sucrerie, vous avez passé l'âge. » A ce moment il s'est appuyé si lentement contre moi. Jouant, sans faire exprès, la plus belle des musiques, à dédoubler mon nom, il m'a dit tout uni, comme un caïmitier laisse goutter le lait de ses caïmites : « Ida-Ida, je vous aime abandonnément. »

# Mathieu

Gani confie son rêve à Tani qui le rapporte à Eudoxie qui le conte à la veillée. Le rêve est embelli de place en place, d'âge en âge. « Gani est couché sur la terre, il sent un tremblement des profondeurs. Il écoute la terre, il entend monter un grand plant. La parole du plant lui parle. Il répond. Il dit : « Je ne sais pas si vous êtes le mahogani, votre place est marquée à l'endroit où je dors, votre feuillage gonfle dans la caverne de la terre. Vous poussez comme un vaillant, je vous aide comme un cavalier. » A ce moment il aperçoit les esprits incarnés : un bœuf sans poil, un chien à corne, une bête-longue. Ils ont tracé le cercle autour de lui. Les esprits crient pour empêcher le plant. Gani chante les paroles qui tuent le malesprit. Le bœuf le chien la bête mènent combat contre lui. La bataille a duré seize années de suite. Les ténèbres couvrent le pays. Gani est aveugle, il est sans voix, mais les esprits sont convaincus de sa puissance. Alors il sent le plant qui là devant perce la carapace de la terre, monte sans trembler. »

213

Le rêve est-il de Gani ou, tout autant, de la procession de conteurs assurés qui se relayèrent pour le sauver d'oubli ? Je notai le ton neutre, bref, mécanique du récit. C'était rapport plus que rêve. A le méditer, je me retrouvais être personnage de livre, contaminé par ce qu'il raconte. Mon ami le chroniqueur avait voulu descendre en spirale, le plus à fond possible, dans le tohu-bohu du temps que nous vivions. Il m'apparaissait maintenant, à partir du rêve de Gani (qu'aucun de nous ne rêvait), que l'amitié n'était que cela, une constance solidaire à préserver un songe ; était tout cela. Et que plus avant nous descendions, jusqu'à ce premier bateau qui déversa dans Malendure le premier d'entre nous, plus nous apprenions à connaître le monde. Le tout-monde. Que nous inventions alors, immobiles, ou bougés de pays en pays, quelque chose d'impalpable sur la peau, qui s'appelle vraiment pour aujourd'hui le voyage. Cherchant peut-être la trace laissée sur les argiles ou les granites, sur les sables ou les gras limons, par un arbre en tonnerre qui gronde pour monter, entre trois statues, de marbre, de terre et de bois rougi : d'un bœuf, d'un chien, d'une bête-longue. Tâtant le sol pour reconnaître la cicatrice. Chantant aussi l'enchantement, pour apaiser les bêtes primordiales. Filant notre parole à tous vents comme Lanoué, ou explosant nos calamités comme Odibert. Ce n'est pas en nous goût d'explorer, mais plaisir de fréquenter une autre île, d'autres acajous, des mers qui bordent de tous côtés, aussi différentes que l'Océan et la Caraïbe, aussi tenaces et semblables. Une île énorme où se perdre familièrement, se retrouver, sans autre ailleurs que l'infini des étoiles sous les pieds. Quand vous partez ainsi en songe dans le monde, vous n'abandonnez pas le rouge de terre ni le vert tendu des plantations ; vous devenez philosophe.

C'est que, si l'on peut dire, en matière de voyage, le peuple des Plantations en connaît un bout. Depuis ce bateau du grand voyage, tous sans le ressentir, ou désireux de l'oublier au plus vite, avaient affronté l'inconnu. Sur le chemin marin des Amériques (Qu'est-ce que c'est, Amérique ?), dans tant d'inimaginables géhennes, le vomi, les chairs à vif, les poux en sarabande, les morts affalés, les malades croupis, deux cents entassés dans un espace qui à peine en pourrait contenir le tiers (et combien de dizaines de millions ainsi pendant trois cents ans), vous avez ressassé la saoulerie rouge du vent sur le pont, le soleil noir sur l'horizon, l'éblouissement du ciel plaqué sur les vagues. Trois fois ainsi vous avez confronté l'inconnu.

Une première fois lorsque vous tombez dans le ventre de cette barque. Une barque, selon votre poétique, n'a pas de ventre, une barque ne dévore pas, une barque se dirige en plein ciel. Le ventre de cette barque-ci vous dissout et vous rejette dans un non-monde où vous criez. C'est que cette barque est une matrice, le gouffre-matrice. Génératrice de votre clameur. Productrice aussi de votre unanimité. Car si vous êtes seul dans l'épouvante, vous partagez déjà l'inconnu avec quelques-uns que vous ne connaissez pas encore. Cette barque ronde, si profonde, est votre mère, qui vous expulse. Enceinte épouvantablement d'autant de morts que de vivants en sursis.

Le deuxième inconnu est de l'abîme marin. Quand les frégates donnent la chasse au navire négrier en infraction sur les règles, le plus simple est d'alléger la barque en jetant par-dessus bord la cargaison, chargée de boulets. Ce sont les signes de piste sous-marine, de la Côte-d'Or aux îles Sous-le-Vent. Toute navigation sur la splendeur d'Océan suggère, avec une évidence d'algues, ces bas-fonds, ces profonds, ponctués de boulets qui rouillent à peine.

Mais la face la plus médusante du gouffre, c'est bien, projetée loin en avant de la proue du négrier, cette rumeur pâle dont vous ne savez si elle est nuage, pluie ou brume, ou fumée d'un feu rassurant ? Des deux côtés de la barque ont disparu les rives du fleuve. Quel est donc ce fleuve qui n'a pas de mitan ? Cette barque voguera-t-elle en éternité aux limites du non-monde, fréquenté de nul Ancêtre ?

Ceux-là qui sont remontés du gouffre ne se vantent pas d'être élus. Ils vivent simplement la relation, qu'ils défrichent, au fur et à mesure que l'oubli du gouffre leur vient et qu'aussi bien leur mémoire se renforce. Voilà pourquoi le peuple des Plantations, s'il n'est pas hanté de la nécessité de la découverte, se trouve doué pour l'exercice de la relation. Nous restons là, nous imaginons les mahoganis poussés dans des steppes, dans des sierras, dans des toundras, dans de grandes places monumentales de grandes villes, dans des Andes tropicales ou dans des pampas que nous inventons pour l'Australie ou à côté de Samarkand. Alors le personnage de livre que je suis pour un bref instant redevenu, qui philosophe ainsi, se précipite, comme tout un chacun en ses moments de prétention ou de paresse, dans l'avenir de l'humanité — qu'on induit alors du plus souterrain de son propre passé.

Il apparaît ainsi que des peuples furent réputés découvreurs, par nature ou par intérêt (selon les diverses théories qui en traitèrent, ou en jugèrent), là où d'autres durent se contenter dit-on de leur entour, toujours par nature, à moins qu'ils n'y eussent été contraints par les conditions de leur existence ou le niveau de leurs techniques, lesquels ne leur permettaient pas la liberté d'aller outrager les pays d'autrui. Qu'il y a pour notre sentiment des peuples transgresseurs, des peuples immobiles ; qu'on nous apprend aujourd'hui encore à le concevoir ainsi. Que ce qu'on pourrait dire l'inconscient de l'humanité future (ou, pour tout simplifier, cela qui nous maintient à vivre continûment) menace d'être atteint d'une telle division, si vite établie, entre Découvreurs et découverts ; sans compter la catégorie que nous sommes par ici, des Transportés. Qu'il y a lieu de parer le risque en légitimant le voyage, en le dépouillant de ses motivations insolentes : l'initiation, la mystique, la pulsion individuelle ou collective, l'intérêt orgueilleux, le plaisir patricien d'aller là où d'autres communément demeurent ; cela qui fut, mais ne mérite pas de persister. Le voyage, quelle qu'ait été la grandeur des découvreurs, est le préliminaire de la relation où les peuples désormais s'engagent. La charge, il est vrai, n'a pas diminué, de souffrances, d'iniquités, de résistances. Mais chacun peut rêver le voyage, sans fantasme ni pédanterie.

Rêver le tout-monde, dans ces successions de paysages qui, par leur unité, contrastée ou harmonique, constituent un pays. Descendre le contraste, ou le remonter, dans l'ordre des pierres, des arbres, des hommes qui participent, des routes qui s'efforcent. Trouver en soi, non pas, prétentieux, le sens de cela qu'on fréquente, mais le lieu disponible où le toucher.

Ainsi l'enseignait Dlan, qui ne voulait jamais paraître ignorer quoi que ce fût. Vous demandiez : « Dlan, est-ce que vous connaissez Dostoïevski ? » — Aussitôt, sans même un battement d'œil, il vous criait : « Dostoïevski ? Mais oui de oui je connais Dostoïevski, il reste en bas des deux bassignacs, au détour de La Rosette, c'est un vieux satan, il m'a soutiré dix francs pour aller jouer au serbi, chaque fois que je réclame il commence avec ma mère mes aïeux ma génération ! » Vous-même restez là stupide avec votre stupide question. Et pour ajouter encore, rencontrant par là peut-être Montaigne mais bien plutôt une des voisines sentencieuses de la Croix-Mission, Dlan concluait à votre intention : « Voyez-vous, compère, je fais le passage. »

Imaginer que, de même qu'on passe d'un pays à l'autre (nous concevons d'abord les pays comme des entités de paysages), on passe aussi d'un paysage à l'autre, mais par des biais insensiblement mis, qui nous apprennent la continuité. Par exemple, que de Meknès à Erfoud au Maroc, on quitte les contreforts verdoyants de l'Atlas, où des forêts de cèdres par endroits vous plongent en légende, où les brumes noient les récoltes et les bâtiments agricoles, pour entreprendre la descente de plus en plus effritée — après avoir passé la monotonie froide des cols — et atteindre enfin ces décors de pierre qui rapetisse, de poussières qui s'installent, de verdures lasses qui blanchissent, jusqu'aux palmeraies plates arc-boutées dans les premiers sables grenus, prémisse aux poudres d'or et de lave qui bientôt étageront leurs dunes sur le toit solitaire du monde.

Et là, Dlan, auditeur tout-puissant, vous aurait apostrophé : que vous avez oublié les palais de boue grise, avec leurs tours crénelées, les bourricots écervelés, le seul chameau qui passe ! Puis il vous aurait demandé tout doucement si vous avez pensé à transmettre son bonjour à son ami le boulanger, dans la première rue à droite en entrant dans la palmeraie d'Erfoud ?

— Par hasard et fatalité ! Nous avions oublié, Dlan de Dlan !

Et, reprenant le chemin vers l'Atlas, on regarde défiler ces tumulus déposés dans les champs, de loin en loin. Sept, peut-être neuf pierres plates, empilées en pyramides. Les lourds troupeaux de moutons en sont les veilleurs. Des jalons ? Des repères d'arpenteurs ? Des signes de prière ? Personne pour répondre.

— Comment de comment ! Pas un ne vous dira ! C'est le chemin secret, ne brisez pas la trace. Dlan a vu les lumignons dans la nuit. Si vous regardez bien, vous observez les bambous allumés !

Par exemple encore, si l'on échange l'espace pour le temps : inventer les rues de Leningrad, une ville tout à l'opposé, dans la nuit sous la brillante clarté de neige et le halo des lampadaires, avec ce froid de désert qui vous dessèche le corps, et attendre de voir déboucher à la prochaine croisée de rues le carrosse de la Dame de Pique, ou de tout autre personnage de Pouchkine, parcoureur de n'importe quelle ville de ce genre : préservée d'un siècle à l'autre par le changement même qu'elle vit — ou le trébuchement ivrogne d'un personnage de Dostoïevski, dont la mystique particulière serait si évidente à Dlan.

Ces passages, de temps ou d'espace, légitiment le changement, le constituent en permanence. S'il n'y a pas eu passage, ce qui demeure ne mérite pas de durer. Un pays d'île ne se trouve pas, s'il n'y a pas d'autres îles. La terre-île ne serait pas, s'il n'y avait d'autres planètes.

Le rêve de Gani était, insu, notre passage. Le rêve d'un arbre qui tombe, vous entraîne, c'est votre tête qui crie. Au commencement du cri, vous avez ressenti la pousse volcanique acharnée dans la terre. A la fin du cri, voici Mani enfermé dans la dernière cache de Cases l'Étang, à l'écart de Malendure.

Comme le géreur naguère, comme Marny qu'il précède ou qu'il surveille, il est tenté par ce passage des eaux : l'hésitation, la fatalité, aucun d'eux ne choisira décidément le côté de la mer. Mani est déjà prisonnier de ce dernier débris de Cases l'Étang. Là où on dit que vous confronterez le mystère, si vous avez le courage d'aller. Depuis cinq jours, il sait qu'il est traqué. Une poursuite silencieuse, menée par des spécialistes, lancés sur lui après qu'il a « démonté le deuxième ». On l'a reconnu, il ne peut rien attendre du grand jour, tout se déroulera dans les ombrages de nuit, ils ne peuvent pas prendre le risque de déclencher une autre affaire publique, avec Marny qui court, l'émotion générale, la révolution tout près. Ils ont choisi de régler en silence. Mani penche vers le trou, caresse les herbes à l'entrée de la case.

Il lui semble avoir atteint ce qu'il a si longtemps cherché : la perfection de la ruine, de la poussière, de l'abandon, ou simplement de la solitude. Cette cinquième case, qui avance dans le contrefort, résume en la matière toutes les autres. La varlope, la bêche, l'égoïne, salamalecs désignés par Gani, y furent jadis cachées. Mais ces outils ne parlent pas ; ils concourent à la ruine, au lieu de la réparer. Mani plonge dans la case comme dans un gouffre, c'est la ruine qu'il vient trouver. Il s'assied contre la cloison délabrée, qui laisse couler des traînées de terre. Les débris froids tombent entre la chemise et la peau. Le toit défoncé est un damier d'ombres sans fond et de gris vaguement lumineux.

J'imagine cette halte. On sait que Mani est allé là-bas, qu'il y est resté une nuit. Ses séjours dans les pièces à l'abandon autour de Fort-de-France, c'était donc l'entraînement en prévision de cette nuit-là.

Peut-être pense-t-il à sa dérive, parallèle de celle de Marny. Une ronde sans caches, sans armes ; où rien n'a été aménagé d'avance. Un marronnage de pur défi, sans perspective de maintien ni de victoire. Un passage dans la terre, pour certifier qu'elle a bougé sans changer. Une reconnaissance en direction du mahogani, dont le feuillage lointain abrite pourtant de son ombre ce jeune homme inapprochable, qui va mourir seul, inconnu, et cet autre trop fameux, qu'on emmènera au loin pour le changer en zombie de geôle.

Mani en descendant vers le sud a trouvé moyen de brouiller sa piste. D'abord, il a suivi la trace tragique de Marny, son commensal public. Il s'amuse à dérober le manger que des femmes déposent pour l'autre. Elles épient derrière leurs persiennes ou leurs battants entrouverts, imaginant sa silhouette, l'habillant de ce prestige qu'il ne connaîtra pas. Au lendemain, elles affirmeront fièrement : « Marny est passé, il a pris mon manger. » Elles détailleront la recette, les ingrédients, la présentation. La dérive connue de tous est troublée d'une dérive irréelle, qui trompe le zèle des jeunes femmes et des vieilles grand-mères. « Nous sommes double : un qui fait du bruit, un qu'on ne sait pas. » Des travailleurs agricoles lui proposent ainsi du secours, le croyant être l'évadé de la prison de Fort-de-France. Des coupeurs de cannes de Sainte-Lucie, engagés pour la saison et parqués dans des appentis, lui offrent le moyen de passer la mer et de se réfugier chez eux. Quoiqu'ils parlent le même créole, Mani s'essaie avec eux à la langue anglaise. Ils rient ensemble de ces tentatives de diversification linguistique. Il a aussi repéré le manège d'Annie-Marie, qui lui a tenu de brouillage supplémentaire.

Mais ensuite il quitte le sillage de Marny ; ses poursuivants silencieux auront à choisir entre les deux pistes. La nuit est vagabonde, elle se réfugie en elle-même.

Pour finir, comme c'était depuis toujours prévisible, il rencontre le mahogani. « Vous devez avoir un sacré secret », pense-t-il. Les abords du tronc sont impénétrables, les hautes racines tordues sont envahies d'une brousse qui interdit d'avancer. L'arbre fait corps avec son socle de branches, de lianes. C'est une masse carrée qui s'élève d'un seul poids, ayant quitté toute grâce. « Ce serait une bonne cache, au cas où. » A cet endroit de la campagne, on ne voit pas une seule lumière. Les bêtes à feu sont au repos, les étoiles ennuagées. L'odeur de nuit est sèche. « J'aurais bien avalé un manger préparé. » Mais les fenêtres des environs de Fort-de-France sont loin. « Il ne manquerait plus que l'ennemi », pense-t-il.

Il emporte le poids de cette masse : il lui semble qu'elle s'engouffre avec lui dans la case en débris. Maintenant, il faut affronter ce mystère. Mani dort, se réveille, s'endort à nouveau. Son corps rompu à tous les planchers, de caisses, de terre, de bois branlants, de sacs élimés, se fond dans la masse de feuillage qu'il a traînée jusqu'à cette cache. Le rêve le prend une fois encore. Il se réveille en sursaut. « C'est le mahogani », pense-t-il. Alors il se laisse aller au sanglotement de toutes ces ombres, de ces débris, devient roche qui dure, bois qui résiste, jusqu'à la première lueur, à cinq heures et demie du matin.

J'imagine ce passage. J'imagine seulement. Pas un n'a parlé à Mani, entre le moment où il quitte Cases l'Étang et le moment où il entre dans le désert de Trénelle. Tout a pu être reconstitué, hormis cette période : la nuit dans la case, le retour fulgurant en ville, la montée vers la caserne. On l'a vu se diriger par là-bas. Interpellé par des connaissances, il a passé sans détourner la tête. Portant avec lui le secret de cette pièce à l'abandon, où le délabrement renchérit sur le mystère et le maintient.

・ J'ai revu Mycéa. Comme la terre alentour, elle a bougé sans changer. Ce qu'on m'avait rapporté de son apparence s'est trouvé par moi vérifié. Les malheurs qu'elle a connus l'ont fixée à jamais dans une jeunesse certes rigide et menacée mais qui n'en est pas moins tenacement rebelle aux atteintes du temps. Il nous a fallu beaucoup de constance et de maîtrise pour ne pas nous laisser aller aux effusions. Il nous a semblé que ce n'eût pas été dans la nature de nos relations. Nous avons gourmé notre langage, pour l'appliquer à des banalités. En cela nous étions d'accord, j'en suis certain. Quelle qu'ait été notre préparation à cette rencontre, ou les résolutions de maintien que nous avions pu arrêter, nous nous sommes d'entrée accordés sur une solennité aux limites du ridicule, et pour des riens de parole qui ne nous engageaient pas. Curieusement, nous avons peu parlé de notre fille Ida, sans doute parce que chacun de nous s'en fait une image particulière. Nous nous animons un peu à évoquer le temps où nous nous exercions, avec Raphaël et les autres amis, à ce que nous appelions des « chantés-l'enchantement » et que partout dans le monde on nomme poésie. « Nous n'avons jamais été doués, dit Mycéa, pour récapituler les choses quotidiennes, les collègues, l'amusement, le toutim. » « Est-ce que ça vaut la peine, dit-elle, partout dans le monde c'est pareil. Vous entendez partout jaboter les mêmes sérénades. »

Nous nous faisons mutuellement l'effet de deux esprits secs, sans sentiments, ridiculement bornés à des prétentions de savoir et de discernement ; de cela aussi je suis sûr. Mais nous parlons des grèves difficiles qui agitent le pays. L'espérance n'est pas en allée. Peu à peu nous partageons vraiment quelque chose. Quelque chose. Nous ménageons notre passage. Il est difficile d'échanger des points de vue à propos d'une situation si périlleuse pour tous, alors même que chacun alentour est en raisonnable sécurité. C'est que chacun voudrait aussi à chaque fois résumer d'un mot, d'une formule, ce qui a mis tant d'années à s'enrouler en une invraisemblable trame de possibles toujours remis. Nous parlons de ceux qui militent sans faiblir. Par force, nous en revenons au géreur, à Mani que nous avons bien connu, même si elle fut la seule à l'avoir fréquenté.

Bientôt, toujours d'un commun accord, nous nous taisons. Il y a forcément cet enlisement qui paralyse, à un moment ou à un autre de nos conversations. Il nous semble que nous ferions mine de tirer des conclusions, de clore un mouvement, d'altérer une chaleur, si nous continuions de récapituler ainsi, d'égrener des évocations, d'amasser des lamentations déguisées. « Nous ne sommes pas des anciens combattants », dit Mycéa en riant. C'est la première fois que je la vois rire depuis des temps. Sans savoir comment, nous nous trouvons à discuter de nos enfants, ceux de Mycéa qui sont morts, Patrice, Odono, et notre fille Ida qui redevient campagnarde, à ce qu'on dit.

Nous quittons la légende, qui pesait trop, nous renonçons délibérément au vieux « chanté-l'enchantement », nous commençons de chuchoter nos commérages, comme tout un chacun. La force qui nous tient, qui pousse Marie Celat à vivre malgré tout, nous choisissons pour le moment de ne pas essayer de la préciser. « Ce Mani, dit Mycéa, quand je pense qu'il entrait là en faisant l'acrobate sur ses mains, il montait ainsi les marches du perron, il me faisait une vraie révérence la tête en bas. »

Renoncer, un mot lourd à porter. C'est comme une seule respiration sans fin. Ce qui suit ne saurait être que commentaire de mon auteur. Je lui laisse la place, je lui laisse.

# *Celui qui commente*

*oralité et écriture*

Est-il vérité ou non, consacrée par qui se garde la trace écrite ? La rumeur se perd aux lettres gravées. Un sourd combat grandit entre les sons proférés et les mots dessinés sur page ; le dessin gagne. Nous restons là immobiles, tristes et savants.

Le signataire de ce récit soutient volontiers l'avoir *longtemps* bâti autour de la confidence de celui qui l'a déclamé, lequel renonce à la contrainte d'écriture et, dit-il, à la carrière des lettres, s'étant réservé pour des explorations plus approndies, ou peut-être plus plaisantes. La permission d'entériner un tel document, qui fut décidément donnée, n'empêche pas que l'auteur a pu ajouter à la parole dudit déclamateur ou la pervertir par endroits, comme il y était d'ailleurs invité, ou y mêler son propre sentiment des choses.

En sorte que la course, du personnage que fut Mathieu à l'homme d'écart qu'il devint, à l'auteur lui-même, gagné en vitesse par cela qui lui était opposé, n'a cessé de s'écheveler. Qu'à la fin ni l'informateur ni l'auteur n'eussent pu se reconnaître l'un à part l'autre ; et que le lecteur attentif ne saurait non plus, du moins sans vertige, les distinguer.

En marge des calendriers supposés ou de la vanité à « éclairer » toutes les choses connaissables, et sans avoir pour autant dilapidé des confidences ni dévalé dans les mémoires, l'auteur relève qu'une vérité gonfle dans la masse des événements, contés ou transcrits, sans qu'elle ait été sollicitée par déclamateur ni chroniqueur. Soit chanté ou scandé, le fonds du temps remonte. La raideur à élucider l'histoire cède au plaisir des histoires. L'écriture fragile, si à la fin elle s'affermit, ne fait partout qu'esquisser l'épure. Il faut mériter — deviner à force — ce qui en surgit.

Par exemple, que l'enfant, frère de lait de la bête-longue, connut sa mort bien avant de la sentir battre en lui, et qu'il choisit d'emporter les limites des Plantations, qui bien plus tard s'effaceraient en effet, dans une liberté dont il n'avait souffert nul besoin ; là où le géreur a couru, poussé par une faiblesse dont il avait nourri le boucan rouge et noir dans sa tête et dans son ventre ; là où Mani a tourné en rond, sans soupçonner qu'il y avait quelque part une force.

Eudoxie est descendante d'Eudoxie. Aucun, alentour, n'a quitté la profonde sécheresse de cela qui tourne, détourne, commence avec une Eudoxie plus ancienne qu'aucun Longoué (c'est-à-dire, arrivée dans le pays bien avant le premier d'entre eux), dont les Eudoxie qu'on a pu connaître n'étaient que la résurrection impitoyable, et s'achève avec un Odono — même si ce n'est pas la souche incommensurable —, dont on a eu à peine le temps de savoir qu'il pouvait exister.

Les trois ébéniers sont en même temps acajous, et parfois — par une aberration légitime — acacias, sans qu'on y trouve à comprendre. Et le mahogani seul a perduré dans son personnage changeant. A la croisée des vents, le bruit des voix accompagne les signes écrits, disposés en procession pathétique sur la cosse ou le parchemin ; le dessin gagne encore. Mais ce qui parle, c'est l'écho infinissable de ces voix.

La ressource de l'homme d'écriture sera de consentir sans nuance à l'intention souvent prêchée par l'homme de parole ; de porter cette intention à l'un de ses extrêmes : ajoutant, comme un luxe de précision ou de clarté, le glossaire que voici (la chose écrite a besoin de glossaire, pour ce qu'elle manque en écho ou en vent), au texte dont il a fait un si peu décisif héritage.

*anolis* — petit lézard vert et jaune, tellement familier.

*à-toux-maux* — plante médicinale, à réputation magique.

*cabrouet* — la charrette à cannes.

*caco* — cacao. « Comment fait-on du chocolat ? — Dlo cho an tchou caco. »

*calalou* — soupe d'herbages, de celles que Lafcadio Hearn aimait tant savourer en Louisiane : « Gumbo Zhebs ».

*cassave* — galette de manioc, soit molle ou sèche.

*chopine* — la moitié d'un litre, dont le quart est une *roquille* et le huitième une *musse*.

*coui* — c'est la calebasse, domestiquée.

*cocomerlo* — un des nombreux avatars du jus de canne, sur le chemin qui mène au tafia.

*dachine* — vous avez déjà connu ce manger, plus raide que fruit à pain, plus doux que chou, plus sérieux que patate.

*laghia* — la danse-combat, qui permet peut-être d'exorciser de plus réels engagements.

*l'an trente-cinq, fameux par ce que vous savez* — de bien entendu, vous connaissez qu'il s'agit du Tricentenaire de l'attachement à la France : 1635-1935. La chronique officielle dit : Le « Rattachement ».

*latin labé-a débaré latin-a* — l'abbé mis au défi de redémarrer dans son latin.

*mabouya* — le lézard translucide et malformé, aux pattes en ventouses.

*major-damier* — le plus fort au damier, autre danse-combat.

*mangé-couli* — herbe rampante à odeur fade et tenace, dont le fruit rouge et jaune était par moments consommable.

*para* — l'herbe grasse qui monte à flanc des zébus.

*patenpo* — le plus simple et le plus savant des mangers, comme un potage à la fois aigre et velouté. Toutes sortes de légumes et d'abats de mouton.

*privé* — bar à tafia.

*rhade* — le linge, indifférencié : les hardes.

*rhazié* — l'herbe, indifférenciée : les halliers.

*titiri* — le nuage de bébés poissons — des alevins ? — qu'on vendait à la louche. Aussi bon en blaf qu'en beignets.

*toloman* — la bouillie élémentaire, de farine du tubercule prise dans l'eau. Sa blancheur devient transparente à la cuisson. C'était la nourriture des enfants et parfois le dernier soutien des travaillants, jadis.

On retrouvera ces lexiques, volontiers alimentaires, dans les ouvrages que nous façonnons. Ils sont allusifs, incomplets — ce que l'éventuel lecteur aura ici noté avec irritation. Je relève par exemple (outre le *bassignac*, qui est le mangot le plus fruité en rhum) :

*chadron* — c'est le nom de l'oursin blanc, quand il est cuit à four ; c'est devenu le nom générique de la bête, par extension.

*couchecouche* — comment écrire cela ? Coush-coush ? Couscousse ? Trouvé la première version sur le menu d'un restaurant cajun, près de Baton Rouge aux États-Unis. Pas osé commander le plat, crainte de découvrir qu'il ne s'agissait pas du même légume, si fin et fondant.

*gommier* — déjà maintes fois signalé qu'il s'agit du très rapide voilier des pêcheurs antillais.

*grand pinting* — grand tralala de manières et de cérémonies. Marie Celat joue sur le mot, formant ainsi « tipinting » qui veut dire pour elle une personne de rien du tout, et « pintinting » qui signifie, tout simplement, toqué.

Nos commentaires vont de la sorte, infiniment. A quoi sert-il ? Nous saupoudrons nos paroles de ces autres mots qui prétendent à les faire accepter. Nous augurons que nous fouillons plus avant dans notre réel. Le désir d'être compris du tout-monde porte à cette minutie. J'ajouterai, pour finir :

*bosco* — qui veut sans doute ici dire : grossier, carré à grands traits insouciants.

*golbo* — demeuré, descendu ; ce qui n'est pas contradictoire. Dans la logique du mépris, un demeuré des mornes l'est pour toujours, même alors qu'il est descendu en ville.

La brièveté de l'exercice, sa désinvolture, sous-entendent pourtant que l'obscur ni l'éclat n'ont ici abdiqué leur commun langage.

# Remontée

Les douces feuilles vert pâle frémissaient, comme soufrées au toucher. Elles laissaient sur les doigts un pollen roux qui, à frotter, devenait sang visqueux. La main les écarta, cherchant au fond de cet abîme. Un anolis mi-marron, un major, s'échappa au long d'une mince tige d'argent bruni qu'il faisait plier. Il se perdit dans l'espace, au-delà de toute vision. A l'entrée du gouffre une seconde couche de vert opposait son épaisseur. Non plus pâle mais moirée de toutes les atteintes de l'ombre. La main l'apprécia délicatement. C'était une rangée serrée, coupante, agressive, gardienne proliférante du refuge. Des gestes d'or et de grenat s'ébauchaient dans ce mémorial repli. Les rumeurs grises du soleil du soir y mettaient d'intenses brasiers, dont la minuscule grandeur éblouissait. « Vous allez faire encore combien de couches l'une sur l'autre pour protéger votre retraite ? » demanda-t-elle aux mousses. Elle sentit sa tête chavirer vers le trou si banal, invisible presque. Le vertige d'une trombe la fit vaciller en

234

elle-même. La main, étrangère, indépendante, pencha plus à fond dans la ténèbre, vers la paroi inappréciable d'une si chétive embrasure. Maintenant la main remplissait la totalité d'espace possible, les doigts enserrèrent quelque chose, tige ou branche ou racine, qu'ils manièrent avec précaution. Le poignet semblait cerclé de ces bracelets successifs, vert opale, rouge sang, noir de braise. Il y avait une attirance, mais intérieure, incontrôlée, vers un vertige là tout près, étendu, incernable. Elle s'y précipitait immobile. Elle entendit les voix des grandes personnes : « Ne mettez jamais votre main dans un trou. L'ennemi dort peut-être dedans. » Elle rit. Ce trou-là était vraiment trop petit. Non, non, vraiment trop grand. Elle bascula en avant pour regarder encore. Comme un foudroiement de lumière dans une pénombre de l'infini. Elle tenait entre les doigts, dans l'espacement du milieu de la main posée en coupole, une plante étirée qui était un arbre énorme ferré dans une lune bombante. « Enfin je vous tiens » pensa-t-elle, s'agrippant pour ne pas tomber. Une amitié sans fond la reliait à la plante. Elle commença de tirer sur ce tronc en miniature. Il était flexible inexorablement, des poils à peine sensibles au toucher descendaient au long de son fût, violets à la jointure et qui brunissaient à leur extrémité. Elle tira de plus en plus fort. La plante résistait, mais quelque chose avait bougé dans les profondeurs. Elle écarta les doigts pour inspecter avec soin. Le vertige l'avait quittée, faisant place à un clair étonnement. La lumière qui tombait sur la plante, comme filtrée par ses doigts, venait de nulle part. Le tronc continuait en une résille multipliée de fines racines, courant l'une sur l'autre, brillantes dans leur couleur marron, qui enveloppaient absolument une roche ensouchée dans la terre. Elle recommença de tirer, pour défier la résistance de la plante.

Alors, dans un lent et continu mouvement qui était aussi bien un contentement qui s'arrachait d'elle, sa main ramena la petite roche attachée en appât dans la racine. Elle garda le tout suspendu aux doigts, yoyo balançant dont la queue de comète agitait des particules de terre grise. C'est ainsi que, depuis si longtemps qu'elle vivait à l'ordinaire, travaillant comme chacun et fréquentant qui en valait la peine, pour la première fois elle revint à elle-même. Transparente, pesant d'un poids inattendu sur les ombrages qui descendaient. Réelle enfin sur l'éparpillement. La toute minuscule chose qu'elle avait dessouchée restait dans sa main. Preuve qu'elle était descendue au fond du vertige et avait ramené un poids rassurant, trop connu déjà. « A la fin je vous déracine, dit-elle, mais je sais bien que vous allez repousser n'importe où, vous allez voir. » Elle jeta au loin la roche et la tige violacée, marcha au large du trou infinitésimal qui gardait trace de la rondeur concassée où s'était carrée cette pierre si peu pierre, dans son entour de feuilles et de mousses. Il y avait dans l'air une légèreté d'herbage, qui contrastait pour elle avec le sentiment de sa densité toute nouvelle. Une odeur de four à charbon envahissait jusqu'au cœur, lequel semblait battre au gré des relents brûlés. Les vétivers sur la savane barraient de leurs touffes les longues traînées argentées soulevées par le vent dans la déclive du champ. « J'étais bien loin, bien loin, il faut rentrer maintenant. » Les lianes de mangé-lapin avaient bruni très fort dans le carême, elles entrecroisaient, dans la lisière proche, leurs branches plus têtues que des racines. Un glouglou d'eau accompagna le silence, comme si c'était une calebasse que quelqu'un vidait à plaisir. La mince poudre jaune épargnée par les voitures était élastique sous les pieds. Plus loin, le chemin tombait dans le ciel rouge, à la rencontre d'un nuage qui s'évertuait là, dessinant le vent et titubant comme un cheval saoul. « Allons bon », pensa Marie Celat, qui ne perdait pas une occasion de se moquer : « C'est fini maintenant la cadence, les mots choisis. A ce qu'il paraît, je rentre à case. »

## Passion, selon Mathieu

Après combien d'années, suspendues à ce seul rêve, lui-même relayé par tant de veilleurs, et préservé, je retrouve enfin Raphaël Targin, dont plus d'un s'est étonné jadis que nous l'ayons appelé de ce nom d'ange ou de chérubin, Thaël. C'est pourtant là une bonne contraction de Raphaël et de Targin. Et si Thaël n'est pas un archange, du moins estime-t-on qu'il a bon cœur et gros courage. Il avait disparu, souvenez-vous, depuis ce jour de la dévastation qui vit la mort de Valérie et le sacrifice des chiens. Il s'était réfugié dans le tout-monde, pour oublier la source de La Lézarde. L'ailleurs nous conforte plutôt dans nos premiers entours, soit par tragique remembrance, soit en plaisante et folklorique nostalgie ; mais il élime en tout cas ce que l'enfance ou la jeunesse avaient planté en nous, l'irréductible, né des actes qu'on ne rattrape pas. On rattrape toujours. La tristesse est pour chacun, au fur qu'il rapetisse dans la quiétude, d'échanger sa lucide mémoire contre une attentive délectation. Thaël, qui avait naguère dépassé l'ordinaire des folies d'un jeune homme, n'avait rien échangé.

Les arbres qui s'en vont au loin gardent mémoire de leurs sources, de leurs cascades, peut-être aussi de leurs mousses les plus cachées. Raphaël et moi n'étions pas ensemble depuis deux minutes qu'il me demandait si j'étais retourné à Jonction, où La Lézarde rencontre la Rivière Blanche, et où nous avions vu un jour une bête-longue tracer l'eau de sa tête triangulaire, passée à moins de cinq mètres de nos corps ballants. Puis il m'avait, songeur, posé une autre question :

— Comment va le troisième d'entre nous ? *Papa Longoué*

Il écrit des histoires, il s'acharne après un vieux houeur de légende, il commente le tout-monde. Parce que son nom est à l'envers de celui du colon Senglis, il croit qu'il a une obligation. Heureusement, il ne prétend pas avoir mission. Je lui ai laissé la place de parole, il a fabriqué un glossaire. Je lui demande commentaire, il paraphrase à plaisir.

— Il a raison, dit Raphaël, il n'est pas à l'aise dans les éclaircies. Il préfère les grands tourments impénétrables.

C'est alors que je pus constater combien Raphaël Targin avait amassé de calme résignation ; non, de satisfaction sans récompense. Cette histoire, autour de laquelle je tourne, ne se serait pas achevée, n'aurait pas été bouclée, ses pans raccordés en un seul tissu, sans que Raphaël fût présent. N'avait-il pas, aussi jeune que nous tous, fait la chasse au coq irréductible de Longoué, chanté la victoire dans les rues du Lamentin aux soirs d'élection, accompli seul le seul geste qu'en groupe nous ayons suscité ?

Raphaël n'avait rien échangé, il était plus que jamais connaisseur pour tout ce qui concerne les enfants appelés, les géreurs maudits, les jeunes gens égarés. « Sans compter, disait-il, les gros flamboyants ou les grands letchis. » Je fus content de constater que son âge lui convenait bien. Il s'était maintenu maigre, de cette maigreur qui n'avoisine pas la fêlure, qui suppose même une menace, toujours contenue, de rondeur. « Je peux encore attraper un coq sauvage par les ergots ! »

On décelait, à le fréquenter, un air d'absence dans ses manières. Non pas qu'il fût triste décidément, mais bien qu'il semblait imperméable à toute joie qui pourrait lui courir dessus. Comme si son corps repoussait la possibilité de ce goût-là, je veux dire l'insouciance, le plaisir, l'aisance. Je savais qu'il n'était pas du genre à moisir dans la dolence ni le recueillement. J'en étais à supposer que le souvenir de son jeune temps lui revenait, en particulier de ce jour où il avait chaviré de la barque avec le géreur Garin, lequel n'était pas remonté.

— Ce n'est pas ça, dit-il (répondant à une question que je n'avais pas posée), c'est que je me suis appuyé contre le mur du monde, ça laisse des traces.

Je devinais sous sa réponse ; mais j'étais intéressé à des explications plus détaillées. Le discours qui allait venir rencontrerait probablement la trame que j'avais prétendu démêler. Un discours est une trame, et vice versa.

— Trop de souffrances, dit-il. Trop de malheurs en chapelet, trop de massacres, trop de misères. Chaque jour de pire en pire. Vous êtes là, en spectateur. Vous ne pouvez pas ouvrir un journal, écouter une nouvelle. Nous naviguons dans tout ça. D'ordinaire on passe. Un jour on s'arrête. Je me suis arrêté, j'ai été paralysé. Ce que je dis là est tellement banal qu'on rirait de moi. Tout un chacun le dit. Tout le monde a les mêmes idées en même temps. On pratique les mêmes analyses partout, on tente les mêmes synthèses, à partir de matériaux si divers. Mais je trouve qu'on n'étudie pas assez les banalités, qu'on ne rassemble pas assez les lieux-communs pour fouiller dedans. Quand vous restez dans votre coin, à l'abri du reste, qu'est-ce que vous connaissez ? Vos lieux-communs ne rencontrent pas les autres, qui courent ailleurs. Ça aussi, c'est banal. J'ai décidé d'être banal, à défaut de porter remède, je m'y efforce sans faiblir.

Il disait d'un ton tranquille et doux, éloigné de toute aigreur, qu'il encourait une maladie nouvellement apparue, laquelle se développerait désormais à l'allure terrifiante d'une épidémie, à l'instar de toutes les maladies universelles, c'est-à-dire nées du contact universel et universellement propagées par contagion, et qui était d'être *affecté par le monde*. Il ne disait pas : infecté. L'affectation est plus définitive, elle vous use sans que vous puissiez mesurer l'usure, elle vous immobilise ténument. « Je suis donc, dit-il, un malade universel. »

— J'ai adopté, dit-il, la théorie de cet ami guadeloupéen, ce médecin à formation de lettré comme on en trouvait autrefois. Il prétendait que chaque homme, chaque femme, disposait de sa mesure de plaisir, allouée une fois pour toutes. Si vous prenez tout ce plaisir dans votre jeune temps, c'est bien, vous vous en passerez à un âge plus avancé : vous êtes un enthousiaste, un audacieux. Si vous êtes prudent, vous ménagez vos jouissances pour les continuer plus longtemps. La jouissance étalée n'en est pas moins jouissance. Si vous êtes économe, avare s'il se trouve, vous attendez le plus possible avant de vous déchaîner. C'est parce que, mystérieusement, vous savez que votre mesure est chiche. Voilà où mène, conclut-il, de réflexion en sottise, *l'affectation par le monde.*

Raphaël Targin, qui avait été au commencement minuscule de mon histoire, se trouvait bien être pour nous à ce moment où toute histoire dilate dans l'air du monde, s'y dilue peut-être, y conforte parfois une autre trame, parue loin dans l'ailleurs. J'avais attendu de le revoir, pour établir corrélation. Il était le présent éparpillé, qui oriente les obscurités denses et propices du passé. Il semble, si l'on s'en fie aux leçons de ce qu'on appellerait notre éducation, sentimentale et intellectuelle, qu'il a été désigné, par quelle puissance insupportable, pour accomplir en notre nom l'acte qui conclut, supporter le malaise qui signifie. Mais à la vérité il ne souffrait d'aucun malaise. Cette sorte d'affectation dont il parlait ne · génère pas de souffrance, ne porte à aucune limitation. C'est simplement la descente de Malendure, d'où on ne remonte pas.

J'augurais que si un jour je me prenais à écrire, comme la tentation brouillonne nous en vient, à nous confrérie de parleurs magnifiques, je raconterais d'abord le présent de Raphaël, c'est-à-dire sa dérive dans le monde après qu'il avait quitté le pays, sans doute en croyant qu'il n'y reviendrait jamais.

En attendant cette bien improbable exploration, dont je me gardai de lui faire l'annonce, nous nous donnons rendez-vous sous le mahogani. Courir le monde est beau, revenir aux ombrages est hypothétique. Il nous parut que le plant descendait la terre en plein soleil, ainsi qu'un parasol fermé raviné d'eau. Les feuilles pendaient tout au long, cintrant leurs surfaces fanées. Les abords étaient dégagés, tombant en sécheresse et craquant sous les pieds.

— Qu'est-ce qu'il a, dit Raphaël, il ne savait pas que nous devions venir ?

Le brûlement de l'air montait aux yeux. Une éternité de chaleur calme irradiait du feuillage prostré, se dégageait en cercle, butait au loin sur les mornes, nuageait d'invisible la Pyramide de Pérou. Un homme avança par la savane, dans le bruit fourré des branches sèches qu'il prenait en sillage. Il zigza-

243

guait savamment jusqu'à nous. C'était Dlan, plus en
dérive que jamais. Impossible de l'imaginer sans ses
deux compères. Il approcha de biais, s'arrêta pour
regarder le plant.

— Ho ?

— Ho !

— Comment va ?

— Tout droit.

— Silacier ?

— La geôle.

— Médellus ?

— Tête en l'air.

— Vous Dlan ?

— La fumée.

— Toujours baptiste ?

— Anabaptiste.

— Vous connaissez ?

— Mathieu la science, Thaël qui a un goût pour
toutes barques déversées. Je connais. Je passais par
là. J'ai un commerce avec ce plant. Vous aussi, à ce
qu'il paraît.

— Nous aussi. Nous, de passage. Qu'on parte ou
qu'on reste, on revient au mahogani. Les lieux-
communs sont là ensouchés. Ils ne voyagent pas, ils
attendent.

— On m'a dit, chanta Dlan, vous avez défréquenté
madame Mycéa ?

— Voyons, Dlan, ça fait depuis vingt ans et plus.

— Calamité ! Je croyais c'était hier ! La vie passe.
On dit vous êtes dans les écritures ?

— Non non, pas nous, notre ami l'écrivain, vous savez.

— Je sais sans faute. Dlan connaît tout, voit tout. On dit aussi tous les deux vous visitez au loin. Qu'est-ce qui passe ?

— Rien de rien, dit Raphaël, c'est partout le même opéra. Les hommes qui chantent, les femmes qui répondent. Je suis affecté.

— Tonnerre d'Odibert, dit Dlan, ne parlez pas de femmes. Je suis converti anabaptiste, j'ai quitté la fréquentation.

Il regardait alentour, balançant sur un pied, faisant mine d'observer au loin avec inquiétude. Nous savions bien qu'il fréquentait.

Nous nous étions gênés, Dlan et nous ; il n'entretenait pas avec le mahogani la même sorte de commerce. Sa visite était plus ordinaire, sans cérémonie. Nous avions, Raphaël et moi, des intentions plus élaborées, un rapport moins direct, une volonté cachée de mise en scène. Nous ne savions que dire, ce qui était pour Dlan impossible à supporter. Avant de nous quitter pourtant, lui d'un côté nous de l'autre, l'ancien rituel des au-revoir nous revint spontanément. C'était la meilleure façon de conclure l'après-midi.

— Dérivé ?

— Déviré.

— Divagué ?

— Chaviré !

Le mahogani nous regardait partir. Mais quand

nous avons lorgné d'un peu plus loin, Dlan après un grand détour revenait en douce vers le plant.

Ses reparties à propos des femmes, etc., me remirent en mémoire la procession jadis égrenée par Eudoxie, dans ses nuits de méditation, et dont elle avait sans doute fait part aux voisines, ou aux rondes rassemblées pour les contes. A cette procession s'ajoutaient toutes celles qui avaient par la suite maintenu la force, permis la survie, qui avaient amassé suffisamment d'énergie pour préserver les plants et les herbages. Celles qui partaient dans la campagne à la recherche du géreur, sans avouer. Quand Maho les écrasait dans les lisières, aucune d'entre elles ne ménageait la moindre apparence de surprise ni de refus. Pas plus que le géreur, elles n'avaient de temps à perdre en simagrées. Celles qui entrouvraient les battants de leurs fenêtres sur la silhouette de Marny, tout simplement parce qu'il était seul contre toutes les forces rassemblées de gendarmerie et d'armée. Celles qui offraient à Tani et Adoline les plats préparés, déférant à ces deux-là leur pouvoir de maintenir l'énergie. Mais les plus intenses, les plus têtues, s'appelaient toujours Passion. C'est là un des secrets de la réserve des patronymes. Soit rusées comme des lionnes soit rétives ou revêches, méchantes avec une grâce de liane, douces et bonnes dans un entêtement irrémédiable, femmes de canne ou précieuses de salon, gâtées des préjugés les plus stupides ou dévouées aux causes les plus désespérées. Je rêve de conter leur histoire, mêlée de tant d'acharnement : encore un livre à écrire. Mycéa eût porté haut ce nom de voisinage. Et aussi Jézabel, qui supporta sans bouger la succion de la bête, pour préserver la vie à venir de l'enfant stérile.

Quand vous abordez l'île par le nord, l'avion vibre dans les turbulences de la montagne Pelée. On n'a donc pas encore installé cette verrière de protection. Longeant la Côte caraïbe ou tournant par l'Atlantique pour couper à hauteur de Fort-de-France, la profondeur des verts de végétation, du plus pâle au plus sombre, vous semble soutenir l'avion dans son élan tremblant. C'est la demeure des marrons.

Peut-être apercevez-vous une grande étendue de savane, roulée par le vent. Les traînées d'herbe argentée se couchent en houles rythmées, butent contre des touffes, reprennent aussitôt leur course. En marge de ce damier fluide, des constructions éparpillées, minuscules cases, entourent un emplacement où vous distinguez, l'avion à ras de sol ou presque, l'ampleur tranquille d'un gros arbre qui semble veiller.

Le touriste saoulé de chaleur, qu'il estime trop humide, se retrouvera peut-être, au soir du même jour, installé en cet endroit. On y a conçu un hôtel de bon goût, sur les lieux de l'Habitation *La Dérivée*. Le corps principal est établi dans la maison du colon, les cases des nègres aménagées en chambres isolées, où le confort ne jure pas avec le caractère préservé de l'ancienne Plantation. Des chaudières, des roues de moulin, des presses à cannes sont artistiquement présentées de place en place. On a disposé de jolies pancartes qui vous renseignent sur le détail de la vie quotidienne de ce temps jadis. Vous trouverez des plans du site, un tableau récapitulant les divers états de la fabrication du sucre et du rhum, et donnant les chiffres de la production jusqu'au début de ce siècle. Pour les clients particulièrement amateurs de solitude, il est prévu cinq cases aménagées en bungalow, loin à la périphérie du domaine, et une jeep est mise à leur disposition pour s'y rendre. Ce groupe privilégié de chambres est baptisé Cases l'Étang. La mieux appréciée de ces installations est celle qui avance le plus dans le contrefort. La vue y est superbe, le silence total. Le mahogani veille sur tout cela.

Il a l'ample d'un vénérable, la bonté convenue d'un patriarche. Quatre ans ont passé, Raphaël est de nouveau appuyé contre son mur, quelque part dans le monde. Il attend que quelqu'un conte son histoire, avant de revenir, désaffecté, par ici. Mycéa et moi, nous allons de temps en temps « humer » l'air autour du plant. Il n'est pas du tout offusqué de l'agitation alentour. Il offre abondamment ses ombrages, teintés d'éclats qui le font ressembler aux globes tournants qui éblouissent de leurs facettes la pénombre du dancing de l'hôtel. Dans le clair après-midi le mahogani prend ses aises. Mycéa dit qu'il attend.

Pas loin de là — le pays est si petit —, la route

entre Balata et Morne-Rouge est aussi profonde qu'au temps longtemps. Les lis sauvages n'ont pas disparu, même si l'éclaircie dans la forêt a élargi ses ravages. Leur langage, soulevé par le vent, est une écriture durable, qu'il vaut de déchiffrer.

Maintenez-vous en état de veille, ou bien plutôt laissez-vous envahir de l'ombre d'alentour. Vous aurez peut-être la chance de respirer l'odeur d'un four à charbon, anachronique et sauvage. La plantation, immuable dans le tremblement, vient jusqu'à vous.

N'allez pas conclure que j'en appelle à des forces primordiales ; ce serait, de ma part, ingénuité ou dérision. Mais ne déclarez pas — comment le sauriez-vous ? — qu'elles ne sont pas là enfouies, dans les plis indépliables du temps. Les combats, les fatigues, les désespoirs, ou pire, les désarrois, ou pire encore, la menue sécurité que toute brise déracine, portez-les au pied du mahogani. Il vous recevra en légende, pour la plus exacte recension de réalité.

Tout autant, n'accusez pas que mes dates trébuchent. « Si vous pouvez encore marchander — me dites-vous — sur la vie et mort de Mani, parce que pas un alentour n'a entendu bruit de son tourment, comment poussez-vous jusqu'à le mettre en parallèle avec un personnage public comme Marny, dont plus personne ici n'ignore le moindre des gestes ? Chacun sait qu'en ce qui concerne ce dernier, les événements que vous évoquez si vaguement remontent à une époque bien antérieure à la mort d'Odono. Avez-vous pu suggérer à tant de gens (Mycéa, Ida, Annie-Marie, maître Palto, les autres) un tel parallèle entre des faits qui pourtant n'ont pu que se succéder, à une grande distance de temps ? Voilà où vous en êtes : d'aller prétendre que la faute en revient à votre ami l'écrivain ; qu'il s'est jadis trompé dans ses calendriers. Mais s'il écrit, c'est vous qui déclamez. Le témoin, c'est bien vous. Bon courage, mon frère ! » — N'accusez pas mes dates. Elles soulignent continuité, elles dessinent le passage.

Raphaël, qui est décidément parti, m'avait rassuré. Nous nous sommes promis de nous écrire, nous savons que nous n'en ferons rien. Nous laissons le temps creuser son trou entre nos rencontres. Pourquoi vouloir le combler ? Quand nous nous reverrons, ce sera comme après un seul jour passé.

« Les dates meurent vite, m'avait dit Raphaël. Ne nous soucions pas de leur éphémère logique. Nous pouvons jouer entre les dates comme entre les lignes d'une marelle. Ce à quoi elles servent, c'est à cela : découvrir l'ordonnance cachée. Après quoi elles s'évanouissent. La date qui importe est celle d'à venir. »

Mais l'ordonnance aussi, s'épuise et va. Nous n'en avons jamais fini avec nos ancêtres démesurés, comiques paladins, perdus aux savanes où nous les oublions. Le présent s'accroît sans cesse de leurs paroles désarmorcées. Votre tête en est encombrée. Vous tombez au maelström.

Lomé me certifie : « Ce bœuf-là connaissait ses antécédents. Je ne pouvais pas le mettre au piquet n'importe où, comme une bête de rien. Je ne pouvais pas laisser perdre son lait dans toutes les bouches à portée. — Mais le géreur, c'était sérieux ! »

Nous sommes, comme eux, Lomé le géreur, toujours à ménager nos caches, nos vivres, nos rondes. A prendre les chemins détournés, au loin ou si près. Le pays de Deccan est venu jusqu'ici. La Pyramide de Pérou est plantée d'ignames pacala. Le bouillonnement profite.

Parfois nous perdons la trace. Parfois elle se dédouble. Le plus souvent elle se perd dans une touffaille de végétation où nous enfonçons nos corps, plus roides que nos esprits.

Ainsi ai-je couru la courbe de ce récit aux voix mêlées. Je le dévoue à mon auteur et biographe, qui n'y retrouvera pas sa manière. Peut-être va-t-il l'insérer dans un des moments de sa tirade et m'être parlà redevable d'un peu de clarté, qui n'est qu'illusion. Il se peut qu'il en use comme d'une préface à ses divagations. Libre à lui. C'est cendre, brûlis au vent. Je me suis arraché de la raide figure qu'il m'avait faite auprès de ceux qui nous connaissent ; ainsi ai-je à mon tour fait de lui, donnant donnant, l'objet lointain de ma recherche. Si nous entendons consigner nos dérives ou nos futurs, il nous faudra bien à la ronde accepter de partager la tâche : car nos paroles valent d'autant qu'elles se relaient. Écrire est étrange, quand un qui était considéré ou pris comme modèle, ou prétexte, entreprend à son tour de modeler. Ce va-et-vient correspond à nos humeurs. Il indique notre place parmi les étoiles futures, dans le relais infini des voix singulières. Je n'estime donc pas avoir conté mon conte simplement pour confondre mon chroniqueur. Tout comme je ne crois pas, même si je l'ai affirmé tout au long, m'être retiré du personnage qu'il m'avait procuré. Nous méditons ensemble ce mahogani, multiplié en tant d'arbres dans tant de pays du monde. Plutôt qu'écrire, il est vrai que nous préférons crier en rafales. C'est notre plaisir et notre justice. Pour moi cependant, j'ai voulu fixer à l'aide de ces signes dont la pertinence n'est pas sûre ce que j'eusse pu aussi bien déclamer aux vents austères et jaloux. Je connais par-là, et à mon tour, la vanité de l'inquiétude et du questionnement. Scellant ce déboulé de temps où j'ai conscience de m'être tellement haussé, mais pour cela qu'on m'y avait précipité sans m'avoir jamais donné d'y prendre respiration. Aussi bien c'est le personnage en moi qui s'éclaire, même si c'est la personne qui se renforce et piète dans demain. Véritablement je m'appelle Mathieu Béluse. Selon la loi du conte, qui est dans l'ordre des arbres secrets, je vivrai encore longtemps.

# Chronologie

### Gani

*1785* Eudoxie Hégésippe entrent en ménage
*1815* Naissance de Gani *(Napoléon)*
*1830* Hégésippe commence à perdre la vue
*1831* Marronnage et mort de Gani
*1831* Liberté Longoué tué par Anne Béluse

### Maho

*1935* Mathieu le jeune rencontre papa Longoué
*1936* Marronnage de Maho
*1943* Mort de Maho
*1944* Déclamation de Longoué
*1945* Mort de papa Longoué

### Mani

*1976* Rencontre d'Odono et de Mani
*1978* Mort d'Odono
*1978* Marronnage et mort de Mani
*1979* Marie Celat revient à raison
*1979* Ida Béluse entre en bonheur

# Table

IMPRIMERIE HÉRISSEY A ÉVREUX
DÉPOT LÉGAL SEPTEMBRE 1987. N° 9741 (42830).